挪\威\现当代文学译丛

奇迹的孩子

Vidunderbarn

[挪威] 罗伊·雅各布森 / 著 赵奕 / 译

上海译文出版社

图书在版编目（CIP）数据

奇迹的孩子 /（挪）罗伊·雅各布森（Roy Jacobsen）著；
赵奕译.— 上海：上海译文出版社，2019.8
（挪威现代文学译丛）
ISBN 978-7-5327-8054-9

Ⅰ.①奇… Ⅱ.①罗… ②赵… Ⅲ.①长篇小说—挪
威—现代 Ⅳ.①I533.45

中国版本图书馆CIP数据核字（2019）第123934号

Roy Jacobsen
VIDUNDERBARN
Translated into Chinese from the English
Copyright© Don Bartlett, 2011
Copyright © Cappelen Damm AS 2009
Simplified Chinese edition copyright:
2019 SHANGHAI TRANSLATION PUBLISHING HOUSE (STPH)
All rights reserved.

This translation has been published with the financial support of NORLA

N
NORLA
NORWEGIAN LITERATURE ABROAD

图字：09-2018-1103 号

奇迹的孩子

［挪威］罗伊·雅各布森 著 赵奕 译
责任编辑 / 杨懿晶 装帧设计 / 胡枫

上海译文出版社有限公司出版、发行
网址：www.yiwen.com.cn
200001 上海福建中路 193 号
启东市人民印刷有限公司印刷

开本 890×1240 1/32 印张 8 插页 2 字数 123,000
2019 年 8 月第 1 版 2019 年 8 月第 1 次印刷

ISBN 978-7-5327-8054-9/I·4944
定价：48.00 元

作者的话

我的主人公都是孩子。勇敢的、挣扎着的孩子。六十年代早期，他们在奥斯陆外围的工人阶级地区长大。六十年代是困惑、躁动、粗糙、马虎地进行着社会实验的年代。那时还没有石油。那时人们都没有钱。那时社会民主福利国家只是一个含混、绝望的概念，和它在短短几十年间创造的新富社会完全不同。这个转变太突然、太激进，在挪威历史上太闻所未闻，所以剩下的，就只有一种迷蒙的怀旧情绪，和关于这个永恒话题的真实的故事：如何在不丢失灵魂的情况下遗失天真。这部小说献给那些成功了的孩子。也送给那些失败了的。我爱他们所有人。

罗伊·雅各布森（Roy Jacobsen）

1

一切都是从我和母亲装饰家里开始的。我不够高，就负责粉刷墙最下面的部分，真的很困难，而她站在厨房椅子上，专注于房顶下面的那块地方。以这样的速度刷一面墙，真的得用上几个月的时间。但一天晚上，叙韦森夫人来了，看到我们的手工作品后，双手抱在丰满的胸前，说：

"耶德，你为什么不试试用墙纸呢？"

"墙纸？"

"是啊，跟我来。"

我们跟在叙韦森夫人后面，她就住在走廊对面。我之前从未去过她家，尽管我们住在对门已经有好几年了。而且安妮－贝丽特也住在那儿，她和我同龄，在平行班上。她还有两个妹妹，一对六岁的双胞胎。母亲每次要跟我算账的时候，总会提到这两个人的名字。

"看看雷敦和莫纳。"反复的唠叨又来了。或者，她会呼唤安妮－贝丽特的名字。用叙韦森夫人的话说，她更喜欢待在家里，因为家里有床和食物，这可比到大街上乱转有趣多了。街上的生活被定格在一区又一

1

区的公寓之间，是木板、砖头和屋瓦到处散落的世界，而且在远处青草覆盖的田野上，有树桩，有圆木，有畅通无阻的小溪，有茂密的低矮丛林和隐秘的泥土小径。在那里，你可以用屋面油毡、沥青块和碎木生火，建起两层小屋。这些小屋还可能引发一场场著名的战争，参与者都是伟大且无法战胜的人。这些屋宇可能在瞬间被夷为平地，只能在第二天由别人重新建起。建造和破坏的从不会是一个人。我之所以提到这点，是因为我曾是建造者，虽然当时我还小，但看到我们的城堡变为废墟时，我还是哭得很伤心；我们想过要开展令人闻风丧胆的复仇行动，但那群损害他人财产的家伙没有什么可以失去，他们只剩下幽默和傻笑。在拥有者和一无所有、将来也不会有可能获得丝毫的人之间，嫌隙已经产生。而这个世界没有什么可以给予安妮－贝丽特和她的妹妹们。她们既不建造，也不破坏，她们坐在厨房的餐桌前吃饭。据我观察，她们可以在那儿坐上一天，这次是和叙韦森先生做伴。他坐在上位统领全桌，条纹背心在身，背带垂在粗壮的大腿边。那双腿叫人闻风丧胆，而腿上的肉已漫过那把脆弱椅子的边缘。

在叙韦森家客厅的墙上，我们第一次看到大花图案的墙纸。六十年代挪威工人阶级的家，即将变成小型的热带丛林。丛林里会有柚木制的窄小书柜，在藤本植物间由时髦的黄铜配件支撑，角落里还会有一张棕色、米色、白色相间的条纹沙发，安装在搁板下方如群星般闪耀的隐形灯点亮了它。我在母亲的眼里看到了冷漠与恍惚，我知道，那是稍纵即逝的少女般的兴致，顶多持续三四秒，便会让步于本能的怯懦，并以现实的心态结束："不，我们没钱买的，我们不能那么做。"或是："那对我们没有好处。"如此等等。那段时间，母亲和我常有"那不属于我们"的想法，因为母亲只在奥斯陆的一家鞋店打零工，所以我放学游荡到家里时，她总已经到家了，也因为这样，她没有钱把自己的儿子送出去度假，每当春天即将来临，她总会这么说，好像她的儿子一心就想出远门。但我想和母亲在一起，夏天也想。我们这个小区里，有很多人到了夏天也待在家里，尽管常常有人假装自己出了门，或至少表明自己对度假这种事兴趣寥寥。

"那不是挺贵的吗?"母亲问。外人在的时候，她会用"贵"这个字，只有我们自己的时候，我们会用"奢侈"，我们也确实这样想。

"不会啊。"叙韦森夫人说。她有阅读瑞典女性杂志的习惯，和母亲只看挪威的不一样。她从热带雨林的书架上拿下一叠瑞典杂志，翻到有关马尔默市[1]的文章那页，还把叙韦森先生从厨房里叫出来，让他把发票拿给耶德看。

我看着这个大块头的男人，咯咯笑着，一边说着"啊在这儿呢"。他笨拙地走到书架前，拉出一个抽屉。那抽屉小到只能装一张带图片的明信片。努力工作的成年男子身上奇特的气味冲击着我的鼻孔。这个大块头每次靠我太近时，无论是在台阶上，还是在游乐室，我都会想没有父亲可能也并不是什么坏事，尽管叙韦森先生天性善良，毫无公害，而且对于我不感兴趣的话题，他总能说出点漂亮话。也就是说，这三个家教良好的小女孩都是他太太教出来的。现在，她们还坐在厨房里静静地

---

[1] 马尔默市：瑞典南部城市，是瑞典第三大城市。

3

嚼食物，并时不时地偷瞄我们。

不可思议的是，母亲竟然没法在这些发票面前使出她惯用的伎俩；确实，这墙纸真不算"贵"，也不是从瑞典买来的，它就出自阿尔沃中心的一家五金店，在银行旁边。我们会去那里买食物，倘若我们由于什么原因没能去成特拉福韦恩的林恩，或者雷斯塔德小巷的奥马尔汉森的话。直到去年，母亲还一直在用从那儿租来的冰箱。后来，这东西的租金变得太贵了，或者说我们发现自己不知道该拿这东西怎么办的时候，我们才去还掉的。毕竟，这是柏林墙和肯尼迪的时代，不过，在我看来，最重要的是，这还是尤里·加加林[1]的时代，这个俄国人从某种既定的死亡中活着回来，震惊了全世界。同时，在这个时代，一辆捷豹马克二代要价四万九千三百克朗。我之所以提到这个小信息，仅仅是作为奇闻轶事，但也是因为我在比耶克快马体育场看到这个价格、这个型号的车之后，就再也忘不掉了。可能也是由于我还记得，我们给房地产公司付的定金是三千两百克朗。这就说明一辆捷豹抵得上十六间公寓，也就是一整个街区。正是这样的体系，将一辆车和七十六个年龄各异的活生生的人，比如住在三号的那群人，划上了等号。正是这样一种认知，会在你年轻的时候如同一辆货车般冲击到你，而你将再也无法忘记这次经历。试想一下这所有的气息，每个家庭都有自己的气味，都和别家不一样，还有所有的脸庞与声音，住宅区里不和谐的合唱队，看一看他们的身体、衣服和动作，当他们卷起袖子坐在那儿，吃着饭，争吵着、大笑着、哭泣

---

[1] 尤里·加加林 (Yuri Gagarin, 1934—1968)，苏联宇航员，是第一个进入太空的人。

着、安静地闭着嘴、每边嚼动三十二下。一辆捷豹算什么，竟然与这一切相提并论？车上储物箱里的一把左轮手枪？起码得是这样吧。关于这车，我想了挺多的，可能太多了。这辆捷豹是深绿色的。

"但还有糊糊的钱，你知道吧。"叙韦森夫人继续说，好像她突然觉得事情进展得有些太顺利了似的。

"不，并没有。"叙韦森先生打断了她。倒是很像他的教名：弗兰克[1]。

"你说什么，弗兰克？"叙韦森夫人语调尖锐，从他手里夺过发票，透过一副乌黑的六角眼镜仔细而严厉地查看。这副眼镜原本放在一柜又一柜数不清的淡蓝色瓷娃娃和椭圆形白镴烟灰缸中间，并不显眼。那些柜子在我看来是应该装满书的，这家人不是有很多书吗？但弗兰克只是耸了耸肩，朝母亲笑笑，把沉重的手放到我理成小平头的脑袋上，说：

"所以，芬恩，在家是你说了算，对吧？"

我想，他是看到了我脸上、手上、头发里的绿色油漆，才这么说的吧。我看起来肯定像是承担起了男人的职责，才让两个人的生活继续下去。

"是啊，他可棒了……"就在这时，母亲的声音响了起来，"没有他，我一个人肯定不行。"

这话我爱听，因为那时想要比母亲强并不是难事，尽管我们住在钢筋混凝土的房子里，阁楼安着燕巢，邻居会坐在阳台上悠闲地喝咖啡，或者一连几小时把头埋在汽车引擎罩下面。我比多数人会读会写，她的

---

1 英语中"坦白"之意。

工资也会每两周按时到账。尽管这里并没有真正发生什么事情，但好像我们始终被危机包围，而到目前为止我们也总能幸运地避免所有祸事，用母亲的话说，从尚未发生的事情中，我们什么也无法学到。

"你知道吗，我的身体远不如从前了。"每当感觉有什么事儿要发生的时候，她就会这样喃喃自语，之后，尽管我从未问过，她也从未给过解释，但她会影射到自己离婚的事，我想，这件事对她而言，肯定如同雪崩来袭，而且这也是无止境的悲惨生活中即将发生的一连串不幸事件的开端。这或许是尤里·加加林的时代，但这绝不是离婚的时代，这是结婚的时代。离婚才一年，他也去世了，妈妈是这么说的，是一场工伤。父亲在一个叫阿克斯机械车间的轮船制造公司工作，发生了一起起重机事故。我不记得他，也不记得离婚，更不记得事故，但母亲替我们俩记住了，尽管你从来无法从她口中得到任何细节，比如他长什么样，空闲时候喜欢做什么，或者不喜欢做什么，假如他真有空的话，或者他是哪儿的人，他们在等待我出生时肯定拥有过的快乐时光里，会聊些什么。就连照片，她也小心藏起来。总之，这个时代已经被我们抛在身后。

两场灾难后，还有第三场，这次是和寡妇抚恤金有关。你看，我父亲在死前又讨到了一个老婆，还生了一个孩子，是个女孩，我们甚至连她的名字都不知道，所以不知在哪儿还有一个寡妇要分掉本该属于母亲和我的钱，挥霍在台球、出租车和烫发上。

"反正别问我这些是怎么回事。"叙韦森夫人说，她放弃了，挥着墙纸而非糨糊的发票。不过，现在母亲倒是可以轻描淡写地用一句话结束这场讨论：

"嗯，好的，我们还要再考虑一下。"说着，她对几个女孩笑笑，以示告别。她们惊讶地望着我们，张着嘴，嘴唇上各有一个牛奶留下的大胡子。"谢谢你们让我们来看看。真的很不错。"

2

第二天，我们就到阿尔沃中心看墙纸了。这还是挺轰动的，因为妈妈不但会为困境担忧，她还会慢慢把事情想清楚。比如，我们刚刚浪费在绿油漆上的钱，就不是一时兴起、有欠考虑的结果，而是从去年圣诞节，我们受邀到一对住在一楼的老夫妇家做客，喝咖啡、吃蛋糕时，就开始精打细算后的决定。那对夫妇家所有的墙都漆成了和我们家完全不同的颜色，而且事实证明，那是他们自己慢慢用一把刷子做到的。

还有一次，她顺路去朋友家接我。那是埃西家，他爸爸把最小的卧室的门从客厅移到外面走廊上，这样埃西十六岁的姐姐就能从走廊直接开门进房间了。现在，这些想法，包括我们所在的这家店散发出的未来、新机遇与创新的味道，是的，这些油漆桶和店里助理的蓝色外套都带着一种纯正、乐观的感觉，仿佛可以撼动大山，这一切似乎都汇聚成一个重大的结论。

"好吧，"母亲说，"我们不得不找一个房客。只能这样了。"

我惊讶地抬起头看她。我们讨论过这个问题，而且也达成了某种程度的共识，至少我是这么理解的，那就是无论生活多么艰难，我们都不会找房客，否则我就要放弃我如此喜爱的房间，搬去和母亲住了。

"我可以睡客厅。"我还没开口，她便说道。

所以，那天下午我们不仅买了墙纸和浆糊，还拟了一条要登在《阿贝德布拉德报》上的广告，标题是"找房客"。我们又去找了壮如牛的弗兰克：在格洛鲁达伦的新楼盘开推土机为生的弗兰克，有没有可能晚上加个班，帮我们把最小房间的门移到走廊，这样我们的私生活就不用被走来走去的房客侵扰，更别提这不知是男是女的陌生人还要在我们新贴了墙纸的客厅晃进晃出？

换句话说，我们要进入刺激的时代了。

结果是，作为木工的弗兰克，活儿干得不如预期。光是把门弄出来，他就搞得丁零哐啷。不止如此，他穿着条纹背心，喘着粗气，汗如雨下，从第一个晚上就开始叫母亲"亲爱的"。

"你觉得怎么样，亲爱的？这些门框是保留，还是让我给你换成新的？"

"要看多少钱。"母亲说。

"花不了多少钱的，亲爱的。我有关系。"

幸运的是，母亲并不因为这些"亲爱的"生气。而且叙韦森夫人每隔一段时间就到我们家来，说她准备了食物，或是告诉我们今天的垃圾车会晚些来。我得承认，我也关注着进展，因为每次干活前，母亲都会涂上口红，拿掉卷发夹，我基本没时间出门。叙韦森夫人有时还会把她最大的女儿安妮－贝丽特派来，我们就会站着看结实的弗兰克扛沉重的门和胶合板。黑色的毛发遍布他的肩膀和后背，看上去像过冬的杂草。

毛发从褪色的背心破洞伸出来，让人觉得这更像渔网而非衣物。在苦差事的进行过程中，他还会哀号：“锤子！”“钉子！”“卷尺！”语调颇为戏谑，仿佛我们都是他的仆人，而干活则令人愉快。不过，当门终于装好，一周后另一个门道也用门框等物封上，我们开始谈报酬的时候，弗兰克说他不要钱。

“你疯了吗？”母亲说。

“不过如果你正好有点酒的话，亲爱的。”他声音轻柔，就好像活儿干完以后，他和母亲就达成了某种隐秘的共识。母亲手里拿着打开的钱包，新做的指甲间还夹了两三张蓝色的五克朗钞票，轻快地走来走去，钱不止这些，弗兰克，你尽管开口——可这些都无济于事，弗兰克还是一副绅士状，最后，他就拿了两杯库拉索酒。

“一条腿一杯。”

不过，他现在也走了。可以开始贴墙纸了。

一切进行得顺风顺水。母亲又站在了天花板下的厨房凳子上，而我还在地板上。我们花了一整个星期粉刷的墙用一个晚上的时间就贴好了墙纸。接下来的两晚，我们就为阳台门和客厅大窗户做些收尾的琐碎活，最后的一个晚上是在弄我卧室的墙，现在这个房间已经属于房客了。屋里的变化谁都看得出来，变化是爆炸性的，是惊天动地的。我们还不至于把家变成热带丛林，母亲想要的风格是端庄的，但我们的家居风格还是隶属于植物园这个门类，有圆形的花坛荷花，就像秋日里金棕色的灌木丛林。第二天就有两个人来看房子，我们的生意启动了。

不，并没有。

这两个未来的房客都有些问题。第三个人来了，他觉得是我们的房间有点问题。这些挫折对母亲的自信是一种打击。是房租太高了吗？还是太低了？之前，她说过我们或许应该从阿尔沃中心搬到简单一点的房子去住，就像之前她和丈夫在"上瀑布"住的那种，那里的人对一个房间加一个厨房都还挺满足。不过，最终来了一封信，信上字体细长，来信人是一位三十五岁的单身女性，名为英格丽德·奥劳松，她写道，她希望这周五来看看房间，不知我们是否方便。

"当然方便。"母亲说。

不过，第二天，她就迈出了一大步：人不见了。等我和埃西、安妮－贝丽特放学回到家时，就我一个人。之前从来没有发生过这种事。

门锁着。我一次又一次地按门铃，门也没开。我真的有些慌了。埃西把我带到他家，他的母亲，也是除我的母亲外我少数可以依赖的母亲之一，安慰我说，母亲一定是出去买东西了，过会儿我就会知道的，这段时间我可以和埃西一起在他们家做作业，埃西正需要人帮他解决拼写的难题呢，他算术也不大好。

"你真聪明，是不是，芬恩。"

是的，没错，我学得挺好。这是我和母亲之间合约的一部分，两口之家里微妙的平衡。我可以吃夹了熏香肠的切片面包，通常而言，这是我爱吃的，但我不能一大口吃下去。奇怪的是，一旦你有个母亲，而她又不见的话，这绝对不是小事。我坐在埃西旁边，趴在他宽敞的写字台上，手握铅笔。我是孤儿了，我一个字母也写不出来。这不是她的风格。已经过去一个多小时了。（还不到十四分钟。）过了快要两个小时，我们

11

才听到外面的路上传来一阵喧哗，结果发现那是一台老旧的卡车在拼命想要倒车到住宅区。然后，我看到母亲从驾驶室跳下来，身上穿的是那件鞋店的碎花长裙。她跑向门口。紫红色卡车的门上，用金边的花体字母写着"斯托斯坦恩家具及家饰"。身着工作服的大块头男子放下两边侧门，另一个男子跳出来，两人搬出一张沙发，那是一张米色、黄色和棕色条纹相间的现代沙发床，母亲看到英格丽德·奥劳松来的一封虚无缥缈的信后，就跑出去买来了。他们把沙发从卡车上拖下来，开始想办法往前门搬。

这时，我已经背上书包，全力奔向一楼，跑过草坪，爬上楼梯，跟在那件笨重的家具后。扛着它的两个男子咒骂着，因为疲累喊了一声，好不容易才把沙发弄上三楼，进了门。这门原本我一直以为是关上的，如今在我的生命中第一次打开了。

进了屋内，母亲看到我后，脸上神情尤为紧张，这绝不是正常的，无疑是我沮丧的情绪导致的，于是她立刻开始道歉："我在店里待了太久了。"但是她安慰的话中没有力气，而等她签完单子，新沙发就已经靠在客厅的墙边了。之前这里还什么都没有，不过沙发放在这里很合适。她不得不躺一会儿。我也是。我躺在她旁边，闻着她的香味，感受她抱住我的臂膀，我马上就睡着了：脂粉、发蜡、皮鞋、4711古龙水。我两个小时后才醒，身上盖着毯子，母亲正在厨房做晚饭，哼着小曲，像以往一样。

今天没有套餐，晚饭是炸猪排和鸡蛋，哪怕这样的晚餐也比其他的好。吃饭时，母亲跟我解释一个叫"分期付款"的东西，简单来说就是我们买东西之前不用存钱了，我们可以买了再存钱，这也就意味着我们不用等太久就能买书架，更别提正在入侵其他人家的电视机，那样的话，每次上演什么不容错过的节目时，我就不用跑到埃西家了。

这些对未来的想象令人振奋，但那晚的母亲还是有些奇怪，令我不安，似乎她体内的某种东西坍塌了，她的平和与泰然也随之消散了，而我刚刚也经历了一场只有我能体会的伤害，那晚睡得不如以往好。

第二天，我放学后还是直接回家了，这次母亲在她该在的地方，准备迎接英格丽德·奥劳松，我也即刻开始准备，因为一系列语带责备的提醒备受鼓舞，仿佛我们要参加一场考试，显然，这些准备都是毫无必要的，如果真有什么是我需要注意的，那就是我得知道这件事非常重要。

"你还好吗？"我说。

"你什么意思？"她说着走过去照镜子，回来的时候气冲冲的，"你不会耍花招吧？"

我都不知道她是什么意思。很快，她又恢复正常，低头看着我，眼神带着同情，说她知道这对我来说并不容易，但我们别无选择，我明白吗？

我明白的。

我们俩是一条心的。

英格丽德·奥劳松迟到了半小时，我们发现她是在洛夫苏斯维恩的发廊打工的，她看起来也称职，虽然肯定和母亲同龄，但看起来像是二十一岁。她铁锈红的头发向上盘起，顶上斜戴着一顶帽子，帽子上点缀着一串黑珍珠，看起来就像帽子在哭泣。不仅如此，她还抽带过滤嘴的香烟。她不只字迹尖细，人也尖刻。她睥睨了一眼房间，大胆地说：

"很普通，好吧，你们难道不该在广告里写上吗？"

我不知道那是什么意思，但母亲的脸历经了三四个我熟悉的阶段后，她开口道，对于完全不知道登广告要花多少钱的人来说，讲出这样的话是很容易的。

听到这样的答复，英格丽德·奥劳松只是长吸了一口香烟，到处找烟灰缸，但我们家没有。现在母亲希望整件事到此为止，说事实上我们改变了想法，我们自己要用这间房。

"抱歉让你白来一趟。"

母亲甚至为她打开前门。可英格丽德·奥劳松突然变得非常不高兴。她那戴着帽子的头低到胸前，瘦长难看的身体开始摇摆。

"天哪，你不舒服吗？"

母亲抓着她的大衣袖子，把她带进客厅，让她坐在新沙发上，问她想不想喝杯水或咖啡。

接着，更离奇的事情发生了。英格丽德·奥劳松是想来一杯咖啡，是的，她想，但母亲还没把水壶烧上，她就开始扭动她那细长的手指，就像在把一根绳的两端连起来，并断断续续地、语速相当快地说起了她的工作，说起那些要求多的客人，就我能听懂的部分来看，那些客人总是以各种方式批评她，更别提她那高傲的老板。她还说到了一件事，令母亲脸色大变，把我赶进了卧室，那时我还没有弄清楚是怎么一回事。

隔着门，我听到说话声、强烈的抱怨和类似哭泣的声音。

随着时间过去，她们似乎快要达成一致意见了，甚至响起了歇斯底里的笑声。当母亲终于打开门时，我觉得她们已经成了挚友。可现实是，英格丽德·奥劳松已经走了，留下准备晚饭的母亲，比以往都要严肃地在思索着什么。

"她不是要和我们住吗?"我问。

"不，她不会的，这点我可以跟你保证，"她说，"她连两欧尔都没有。她的生活一团乱。她甚至都不叫英格丽德·奥劳松……"

我想知道母亲是怎么得知这一切的，或者问问看一个完全的陌生人怎么会如此向她敞开心扉。但是，在我躺在卧室的半小时内，一阵奇怪的不安袭上心头，上面两个问题的答案肯定是母亲本来就认识她，不然就是母亲在这个女人身上认出了自己。我不想听到对任何一种可能的确认，我还是想专心吃我的饭，然而，我切实地感到母亲身上有些方面是我完全不了解的，不仅仅是她在前一天的礼拜四突然失踪。最终，这场失踪是有原因的，是因为一张沙发。可现在一个完全陌生的人可以进入我们的家庭生活，进入虽然之前颇为平凡但如今已过分翻新的家，在我们的新沙发上崩溃，吐露出自己全部的秘密，再被赶走。我面对的不仅是一个无解的谜，更是一个我也许永远都不想解开的谜。

我坐在那儿偷偷地瞥着她，我那紧张怕黑但总的来说稳重而不朽的母亲。我在凡尘的基石、在天堂的堡垒，如今戴上了一张我辨认不出的面具。

3

房客计划暂停了几周，仿佛母亲害怕一场新的神秘事件遮蔽她的门。不过，就像我之前说的，我们达成共识，决定事后存钱，所以我们别无选择，只得在《阿贝德布拉德报》再登一条广告，五十欧尔一个词。她还是有些分心和不耐烦：在我的面包片上放错了材料，我和她说话的时候听不进去，晚上朗读的时候找不到自己读到了哪里。

"反正你现在已经读得比我好了。"我抗议的时候，她为自己辩解。可是，那并不是我学习识字的原因，我们有一堆书，我们要把它们都读完，童书、玛吉特·索德霍尔姆、贾尔纳系列、一本名叫《世界之圈》的百科全书、马里亚特船长[1]的《傻子彼得》，还有父亲留下的唯一的一本书，韦伊诺·林纳写的芬兰语的《无名战士》，我们还没读过，按母亲的说法，我们也不打算读。这些书都堆放在我房间的一个箱子里，等待我们即将赊购的书架，只要我们能把该死的房客搞定。正是在这样的一天，她听不见我说的话时，我突然意识到我是别人，我变了。那并不是一种清晰切实的感受，却足以干扰到我，让我开口问：

"你现在是在和谁说话：我，还是那边的他？"这句话没有产生想要的效果。

"你什么意思?"她突然打断了我,开始教育我,说我有时候说出来的话莫名其妙,同样的话她以前也说过一两次,这也许和我是个男孩有关,她觉得如果有一个女儿,生活会容易些。

"我不知道你在说什么。"我没好气地说,之后便进了卧室,躺在床上安心看书,一本漫画。不过,正像抗议阅读这件事本身,我无法专心,我只是越来越生气,穿着衣服躺着,心想,这个男孩要躺在那儿等他母亲多久,她才能恢复理智,来告诉他什么也没变,无论尤里·加加林让我们飞到天上多高的地方。照理说不需要很久的,至少在我们家不会,但这次非常奇怪,我气着气着就睡着了。

直到第二天早上,我才发现她肯定进来过了,因为我身上穿的是睡衣,还盖着羽绒被。我起床了,穿好衣服,来到厨房。我们像往常一样吃了早饭,听到收音机里用到"男中音"和"吴丹[2]"这样的词就笑一笑。然而,她身上带着一种疏离感,令我不快,仿佛那意味着我们之间的纷争无法调解,我这样想着,走廊的门砰的一声关上。我穿上桃皮绒外套,背上书包,拖着沉重的脚步和安妮-贝丽特上学去了。

还是说,变的人其实是我?

无论如何,安妮-贝丽特没有变。我从没见过有人能像她这样利用一切机会做自己:漂亮、自信、缺乏想象力;她父母的愚蠢在她身上丝

---

1 马里亚特 (Marryat, 1792—1848):英国小说家,曾在英国皇家海军服役,退役后著冒险小说《傻子彼得》《海军候补生伊齐先生》及儿童读物等。
2 吴丹 (U Thant, 1909—1974):缅甸外交家、缅甸常驻联合国代表,曾连任三届联合国秘书长。

毫不留痕迹，她从来不是那个找到有趣的事去做的人，她在没有确定有可笑的事情前绝不会笑，通常情况下也确实没事可笑。可是，从某种角度来说，今天这一切都没关系，因为一般情况下会是我主动开口，但今天我们谁也没说话。沉默变得如此压抑，她终于说道：

"你怎么了？"

我没什么可回答的。我们只是继续沿着缪斯森林被人踩踏久了的灰色土路前行。据母亲和叙韦森夫人的说法，这条路比特隆赫姆斯维恩的人行道安全多了，尽管正是我们所在的这条斜坡，向下通往流浪汉安家的地方：那一间间摇摇欲坠的小棚屋，在深秋黑暗萧索的荒野中四处可见，就像飞机失事后血淋淋的残骸。那里住着一些可怕的人，我们叫他们黄家伙、红家伙、黑家伙，因为黄家伙得了一种病，把他变成了黄色，红家伙的脸很红，而黑家伙皮肤黝黑，就像我们说的，好像吉卜赛人。我们必须当心，当他们叫我们的时候，我们不能进他们的棚屋，否则他们就会把我们塞进碾磨机，磨成棕色的稀粥，用我们的肉做浓缩固体汤料。不过今天，这些都无关轻重了，我们甚至都看不到他们在哪儿，所以他们也无法成为我的谈资，而我正好有气没处撒。

"唉，你也太无聊了。"我们走到学校操场时，我对安妮-贝丽特说。而她的回应是："滚蛋。"

这种话她很少说的，尽管这和她的性格也并非完全不合。我们别扭地分开了，她到她的女生班，我到我的男女混合班。这是一种实验，看看让男女生坐在一起还能不能学点东西。

在男女混合班的感觉很好，虽然最好看的女生在另一个班，但通常的情况下，你越了解一个人，你就会越觉得他们身上全是缺点。不过在这里，我可以盯着塔尼亚乌黑的头发，她对我而言仍然有些神秘，因为她从不说话，回答问题的声音小到亨里克森小姐都绝望，甚至懒得让她大点声。但每次我说什么，她都会回头，看着我笑，让我感觉这世上别的都不重要。有人说她是吉卜赛人，住在特耶恩植物园外的马戏团活动房里，但这并没有把问题简化，因为还有什么能比带着吉他环游世界、偷东西、举办快乐演出更具诱惑力呢？

事情已经发展到这样的关口了：我会举手让塔尼亚回过头来，我今天也是这么做的，主要是想让脑袋里烦闷的事情停下来。可我非但没有炫耀自己的机智，还意识到我第一次没做作业，但一切已经太迟，我可怕地大哭起来，自己都不理解我为何这样。一旦开始哭，我就没办法控制自己了。我像个白痴一样蜷缩在桌上，嚎啕大哭，可奇怪的是，甚至在那时，我都没有觉得这会给我惹上麻烦，事情也并没有因此好转。

"我的天哪，芬恩，发生什么事了？"

"我不知道！"我咆哮着。是这样的，另外，这个答案我也挺满意的，因为如果我喊出真相：是因为我的母亲！还不知道会怎么样。

亨里克森小姐把我带到走廊，让我冷静下来能够听懂她说的话：她会把我送回家，并会给我一封信，以便让她知道发生了什么。可是，我表示强烈反对——又一轮涕泪横流——她不得不再次等我冷静下来。我疲软地靠坐在墙边，盯着空无一人的走廊，眼前的景象令我想起了一座医院，那里的孩子都在笑，却毫无声音可闻，而亡者已长出了翅膀。总体而言和我关系还算不错的亨里克森小姐突然说：

"你是不是看到了什么？"

我吃了一惊。

"看到什么？"

"不，不，我只是在想你是不是有可能……看到了什么。"

"看到什么？"我再次尖叫，脚下的深渊口张得更开了，不仅是母亲变得疏远冷漠了，而且可能我也早已经知道了，也许我早已经预料到了这一点。"我什么鬼都没看到！"我尖叫。

"现在放轻松，芬恩。"亨里克森小姐说，语气已不再那么宽慰人心，更像是出自疲惫。而我坐在那里，脑海中突然浮现出一些记忆片段，一些语词。我们会收集词语，母亲和我，然后笑话它们，喜欢它们，或是觉得它们愚蠢或多余。那些词语是如此真实，你甚至可以触摸它们，像"混凝土"、"尾气"、"纤维桐扫帚"、"汽油"、"皮革"、"皮鞋"……我陷入一阵狂想，想象自己极度渴望坐上平底雪橇，我的新雪橇，哭天喊地，软磨硬泡，直到母亲抓住我的手，拖拽着我，沿着从特隆赫姆斯维恩一直到住宅区的斜坡前行；这里已不再有漂浮着寒冷冰块、清澈蜿蜒的小河，只有一条棕色的泥泞小径，像被揍了一顿的脸上已经凝结的鼻血。

"你现在听明白了吗？"她大叫，我的耳中轰鸣。"冬天结束了！现在是春天了！"

"我们要进去吗？"亨里克森小姐说。

我抬头看看她。

"是的。"我说着站起身，装出一副好像就在最后几分钟，我们终于达成一致意见的样子：一切都没有发生。

不过我崩溃的消息已经传到了学校操场，这点毫无疑问，我们回家路上安妮－贝丽特的笑容绝不会有其他的意思。但是现在，黄家伙和黑家伙出现了——红家伙不在——他们坐在棚屋外面拿着发光的罐子喝东西，叫我们过去，这样黑家伙就可以给我们看他的松鼠，安妮－贝丽特因此奇怪地笑作一团。

"谋杀犯！"我用最大的声音叫道。黑家伙站起身，行了个"希特勒万岁"的礼，还叫嚷了什么，但我们没听见，因为我们都在没命地往青年旅馆狂奔，一口气也没歇，直到我们跑过网球场，我看到我的几个朋友在那儿忙着生火，我问安妮－贝丽特要不要加入他们。

她停下来，看着我的眼睛，先说了什么她的母亲不喜欢她的衣服上有烟味，尤其是尼古丁味，而且我套鞋上的泥已经够多了，还有一些别的废话。她很少会说这么多话，所以我以为她已经忘了我崩溃的事了。

可那天晚上挺晚的时候，我听到门铃响了，叙韦森夫人来了，和母亲窃窃私语了一阵，之后母亲便立刻站到了新门道那儿，双臂交叉，盯着躺在床上准备看书的我，就好像我是个陌生人。

"你白天究竟在搞什么鬼？"她如此言简意赅，我都没法不理她。但我也没什么可做的，所以我就在那儿躺着，木然地盯着漫画书，直到情势变得像堑壕战一样——我是不是看到了什么？

可就算现在她也没有做一个想要挽回失去儿子的母亲应该做的任何

事，相反，她只是忧伤地甩了一下她的卷发，走到厨房去了。不过，她没有关门，那扇弗兰克装给房客的门，还有客厅的门，所以我能听到她在洗碗。这本是我该做的事，很少能逃得掉，她则负责擦干，摆放好。

我把漫画扔到一边，下了床，走到厨房，轻轻地把她推到水池旁边，留心没把水溅出来，刷子也一次都没有乱挥，结果就是，我们像对老夫妻似的，相对无言地站在那儿，像是为了争夺奥运金牌似的洗着，擦干牛奶杯、盘子和叉子。这间屋子里从没有过这么久的沉默。

然而，我现在已经不会再哭了，我感觉得到，所以我一直坚定战线，直到，随你信不信，我忍不住笑出了声。就在这时，我的刷子掉到了脏水里，溅得她满脸都是。她身体往后一倾，愤怒地号叫了一声，但她稳住了身子，一脸冷静地漠然站着，一只手搭在腰际，另一只手遮住双眼，接着倒在了最近的一把椅子上。肥皂水顺着她的头发滴下来，她不带任何感情地说：

"你有妹妹了。"

"什么？"

"同父异母的妹妹。"

我无言以对。我当然知道我有一个妹妹，她正在享受着本该属于我们的寡妇抚恤金。不过，现在一切都明了了。

"那个理发师？"

"是的。"

是啊，那个理发师，英格丽德·奥劳松，对了，她不叫英格丽德·奥劳松，她是一个叫琳达的六岁女孩的母亲，她在报纸上看到了我们的广告，因为我们笨到放上了自己的名字而没有用信箱号码，但谁会想到这种事?

"信箱号码?"

下一个信息埋得深一些。母亲得先把自己擦干。她在浴室里擦着，花了些时间，费了不少心思，而我则站在脚凳上。这脚凳已经比我小了，我盯着下面的洗碗刷，用刷子搅动肮脏的肥皂水，刷子后面跟着又长又厚的水纹，直到我感到像要昏厥，母亲回来了，卸掉了对鞋店而言非常必要的妆容。现在她又是周末的样子了，只有我们两人的样子，也是她最迷人的样子。

"但她不打算照顾她女儿。"她说完，陷入了沉默。我不得不又站在脚凳上沉思，痛苦，拿着刷子搅来搅去，等她继续往下说，因为我还无法鼓起勇气发问，而她和我说话的声音是那么温柔，一次说一点，就像在给婴孩喂药。英格丽德·奥劳松不仅是个寡妇，她还是个瘾君子，对了，这是我第一次听到这个词，她嗑吗啡，哦，好吧。

"我告诉你，是因为你已经长大了，这些事你已经可以听懂了，"母亲说，"如果你用心思考。"

但是：

"她要住在这儿吗?!"

终于，我知道了这些对话的意义。

"你早就知道了!"我大喊，突然一阵愤怒爆发，"我们装修房子，开了一扇单独的门，这样她们就能住在我们家了!"

"不，不是的。"她打断了我，这还是第一次。她因此多了些自信，这非常必要。"她没法照顾女儿。我调查过了，而且……如果我们不收留她，她就要被送到孤儿院了……"

"所以，她就要住在我们家？"

母亲坐下来，一动没动，但我感觉她还是点了头。"那么，我们家不会来房客了？"我绝望地继续。

"不，我们会……"

"所以我们要收留一个妹妹，还有一个房客？"

"嗯。"

"但没有那个理发师？"

"她不是理发师，芬恩！不，她得接受治疗，我不知道……"

"所以她不会住在这里！"

"不会！我不一直在和你说吗？你还能带点耳朵吗？"

十分钟后。母亲端着杯立顿红茶坐在新沙发上，而我则拿着一瓶索罗柠檬水坐在扶手椅上，尽管这会儿还是周中。我们比十分钟前好些了。我们回到了同一个波段。但也是与之前不同的波段，因为我已经变了，我只是比之前稍微适应了这种变化。这都和母亲的新秘密紧密相关，因为她也变了。我们像两个陌生人一样，理智地讨论起要怎么对待另一个陌生人，一个叫琳达的六岁小女孩，一个起重机司机的女儿。那个司机正巧也是我的父亲。

我知道母亲做这个决定，对她而言并不容易。她年轻的时候，对这对母女并非满嘴善言，而现在的她显然已经被注入了一种不可动摇的方向感，甚至可以称之为决心。然而，我们并非傲慢，我们靠赊账过日子，外人或许难以理解。在这两周的时间内，母亲不但计算了成本，她告诉我，她还考虑过如果我们不收留那个小女孩，别人会说什么，我们会是什么感受，以及她在一个全是孩子的家里会是怎样的心情。另外，我在之后的生命中也会感谢这一点，因为作为一个寡妇，选择排除万难去做自己不得不做的事，不会比认输和逃避责任更好吗？何况逃避责任的原因明明是愚蠢地自找的毒瘾？

我必须承认，在这点上，母亲赢了，赢了那个和她的起重机司机私奔、可能还是间接导致他坠亡的女人。关于父亲的回忆依旧令母亲痛苦不已，他的照片至今仍被锁在抽屉深处。

随之而来的，我也必须考虑这个尚无答案的问题：寡妇抚恤金。

"不，我们拿不到的。"母亲说，她显然考虑过这个问题，但从她的声音里，我还是能听到一丝情绪的波动。"我没想收养她。而且……"

但我想听的并不是这个。我想知道是不是因为这件事，母亲想要一个女儿的愿望就会最终成真。但我改变了主意，闭上了嘴，也许是不想打破我们之间重获的平静。我喝完柠檬水，走进房间做作业。门开着，这样我们就能听到彼此：母亲在客厅和厨房慢条斯理地干些琐碎的事，收音机里放着夜晚奏鸣曲和海洋预报，这就表示睡觉时间快到了。我咬着铅笔，看着外面埃西住的街区，他窗口的灯没开，我又看着其他所有朋友的窗口，汉萨、罗格、格雷格和法登，窗户前的灯一扇又一扇地灭掉，而我坐在窗边排成一列的"火柴盒"玩具旁，不知为何，开始期待明明两周前我还认为是场灾难的事：拥有一个妹妹，一个小妹妹。

4

不过首先，房客的事得先处理好，这将是我们新的收入来源。而且这也并非小事。许多天来，有三人到访。母亲准备了咖啡和蛋糕给一位和多丽丝·戴长得一模一样的年轻女子，可当这个女人忘乎所以地笑起来时，她血红的嘴唇间露出了两颗烂牙。协商就此终止。

还来了一个老男人，他身上一股酒味，还有一种不明所以的刺鼻气味，同时，他连话也说不清楚，所以即使他挥着的百元大钞比我以往见到的都要多，我们还是将他送出了门。

之后又来了一个男人，身着大衣，头戴礼帽，有些冷漠，却是个友善的人，身上是剃须后的爽肤水味，弗兰克在礼拜天也会用，安妮-贝丽特告诉我，那叫须后水，遇到紧急情况时，这水也可以喝的。这个男人有着清澈、平静、颜色黯淡的眼睛，看着我和母亲时都透着好奇。他去海上航行过，他说，现在上岸了，在多金的制造业工作。找到自己的安身之所前，他需要一个临时的寄宿地。

我们从未听过"寄宿地"和"安身之所"这样的词。但这个男人身上有一种时髦且令人心安的气息。仿佛他受过教育，母亲之后和我说。

可实际上，他看起来非常普通，或者说和我们想象中房客该有的模样相差无几，当然了，虽然他穿得像个电影明星，大衣、礼帽一应俱全。然而，真正敲定这件事的，是他接下来的那句话。他这时正站在新门洞前，往我放着漫画和"火柴盒"汽车的桌子上看，慢慢地点头：

"挺舒适的。"

"是呀，是挺舒服的，对吧？"

"但我发现，好像没有地方放电视。"

"啊，你有台电视，是吗？"母亲说，好像没处落脚的人带着一台电视机是挺稀松平常的事。"那我们就得放在客厅了。"她礼貌地说，甚至有些谄媚。面对母亲的微笑，他淡淡地道：

"是啊，当然，但反正我也不大看电视的。"

怎么说呢，差不多就是这样，他成了我们的房客。

他叫克里斯蒂安，接下来的礼拜六便搬了进来。那时，我已搬到母亲房间，她竟一下不知如何自处。一阵不知所措后，她也找到了她临时的寄宿地，不过就在她自己的卧室里，她一直待着的地方。对了，我们还在准备迎接家里的新成员：六岁的琳达。

"你肯定会觉得有些古怪。"她面带同情地看着我。

不，我并没有觉得有任何古怪的地方，如今我能看到对面街区的风景，那里也住着我的许多朋友。不仅如此，我们还有母亲三年前以低价买到的双层床，床已一分为二，第二部分摆在阁楼的储藏间。我们只需把床搬下来，装在我的床上面就可以了。这种活很简单，我们都不需要请弗兰克来帮忙。

可母亲担忧的另有他事，是电视。电视还真就放在了客厅，静静地，从未被人打开，因为克里斯蒂安搬进来以后，有一段时间我们都不大见得着他。我们能见到的只有他的礼帽和大衣，就挂在门廊里它们应该在的位置，母亲的两件披风和我的桃皮绒外套旁边。他没有问他的房间是否通着厨房，当然不通。房间可以通往厕所和浴室，一周一次澡。所以，他肯定是在外用餐，不然他就是把食物藏在了房间里，假如他真进过房间的话，因为我们从未听他发出过一丝声音。一天晚上，母亲受够了，便走到门廊，敲了他的门。

"请进。"我们听到了。我们进去了。克里斯蒂安正安静地坐在一张勃艮第红的扶手椅里，读着一张我从未见过的报纸。

"你就一直都不看电视了吗?"母亲说。

"你可以看，我受不了那鬼东西。"

我知道这种语言会令母亲不安。母亲告诉他，她完全不想看。

"你吃过晚饭了吗?"她气鼓鼓地问。

"我五点后不吃东西。"克里斯蒂安语气依旧平淡，鼻子还埋在报纸里。

"你肯定是在开玩笑，"母亲说，"来和我们一起吃点晚饭吧。"

克里斯蒂安的反应多少和我一样，如果碰到这种情绪下的母亲的话：懒懒一笑，说一句非常感谢。

"说真的，我不希望这变成一种习惯。"我们离开房间时，他补充了一句。

"别担心，不会的。"母亲躲开了，庆幸脏话显然只会发生一次。

"请坐吧。"

"快别这么客气。"克里斯蒂安说着，坐到了桌子另一端，从没有人坐过那个位子。"不该这样。"

"是吗?"母亲说，把全麦面包切片，切得比平常薄了。

"对，我们都是工人阶级。"

这是有些争议的，但在这点上我同意克里斯蒂安。母亲在我们面对外面世界时所用的语言，在鞋店里是非常必要的，但真的，除了那里，这些语言放在别处，都是不合适的。

"这个小伙子将来想做什么呢?"他问我。

"作家。"我毫不迟疑地说。母亲听到后，大笑起来。

"他都不知道作家是干什么的。"

"是嘛，那倒是个优势。"克里斯蒂安说。

"是吗?"母亲又道。

"是的，作家这职业挺累的。"克里斯蒂安说，好像就要知道他接下来要说什么了。母亲和我交换了眼神。

"你读过《无名战士》吗?"我问。

"快别说了。"母亲说。

"当然，"克里斯蒂安说，"非常棒的书。但我想，你现在还不大懂这是什么意思，对不对?"

"是的，我是不大懂的。"我退却了。可是现在的气氛如此融洽，我竟安心地吃饭了，母亲则笑着说，如果克里斯蒂安在这儿突然见到一个小女孩，请不要惊讶，因为我们家就要增添一个新人了。哎哟，克里斯蒂安说，当真一点看不出来。他们咯咯笑起来，笑的方式在此我不愿描述，不过，我想提一句，克里斯蒂安吃饭的方式跟他站着和走路的时候一样，平静而充满尊严，在两片面包间就等着，等母亲请他再吃一片，请再多吃一点，等等。她无法理解五点后不吃东西是发了什么疯，而克里斯蒂安则认为这个国家无疑有许多人很快就将不得不学习一些关乎审美的东西。

"因为我们并不确定这一切会一直这样下去。"

"我能问问你说的是什么意思吗?"母亲语气尖刻。他则略带幽默地用叉子点点她，笑着。

"你又来了，太严肃。"

但我听不进这些，不管怎样，我已经想开那台电视很久了。我们之前几个晚上就干坐在客厅，母亲织着东西喝茶，我拿本漫画，不停地瞥向那个柚木巨物，瞧它用那茫然的绿眼睛注视着我们。未来就在那个盒子里。这个世界。庞大而无法预测。美丽又神秘。一场脑海中缓慢进行的原子爆炸，我们对此还一无所知。但我们已看见预兆。电视机之所以还悄无声息，我从母亲那儿揣测，是因为如果母亲让我去按了那象牙黄的"开"的按钮，房客或许就会认为我们行为冒失。或是如果他在暂时的寄宿地听到噪声，他也许就会鼓起勇气来到合约规定之外的场所，入侵我们的客厅，还认为这是属于他的特权。一晚又一晚，脑海中的声音越来越多，它忍不住悲号：

"我想开电视!"

我们不得不呆坐着，假装那堆劳什子就是用来保管的。我们公寓里的一切也都只是给我们保管用的。母亲甚至会去看报纸，了解现在正播什么节目，有埃里克·迪森的《金曲游行》，所以我们可能会听到《海员》或是圆舞曲《芬兰森林里的生活》。其他情况下，你只能在有唱片的栏目中才能听到这些曲子。看猜谜游戏《双倍还是放弃？》怎么样呢？埃西说这是世界第八大奇迹呢。

可是现在，当我从桌边站起身，想也不想地径直走向客厅，按下腾保标记上的按钮，什么也没发生。没有一点声音，没有一丝光亮。三十秒过去了。接着，我的面前爆发了一场噼里啪啦的暴风雪，我听到了厨房里克里斯蒂安的声音：

"我们得有许可证。还得有天线。"

他站起身，走进他的房间，在一个盒子里乱翻，出来的时候拿着一个他称为室内天线的东西，看起来就像一只怪物甲虫镀了锌的触角，他叫它"垃圾"。可当他安好了天线，至少我们能看到在弯曲的波浪线后面，有几条鱼在绕着游。这画面，还真有点像叙韦森家的墙纸。

"不过我会去弄个好的。"克里斯蒂安说着绕起天线，波浪线时大时小。

我们坐着看那变形的鱼。母亲只坐了沙发的边，摆着鞋店里的姿势：膝盖并拢，一副弯腰期待的模样，好像在等公交车。克里斯蒂安则叉开双腿站在房间中央，双臂紧抱，眼睛盯着通向阳台的门，天线就应该装在那儿。母亲没求他坐之前，他就站着，坐下了，也只坐在椅子边缘，冥想的模样，胳膊肘搁在膝盖上，下巴刮着指节，这也让他带上了一丝不安的气息。只有我一个人是一直在那儿的。但就是在那晚，我认为我感受到了可以称为友情的东西渐渐有了雏形。

结果，你瞧，克里斯蒂安和我一样，是个数字迷，圈速、日期、汽车牌照号。东西一旦进入我的脑袋，我就不会忘记。比如，他知道在挪威有六万多台电视，几乎每十家就有一台；在美国，几乎每个家庭都有一台彩色电视机。他会用"机智"、"发展"和"偶发"这样的词，母亲和我对这些概念只有非常模糊的印象。鱼之后，屏幕上出现了一个亚洲人的大脸，后来我们发现，他就是名字很滑稽的吴丹。我们在收音机里听到过，还笑了很久，但克里斯蒂安知道他。据说这个人既聪明又极富远见，至少"人们是这么说的"，他补充道。认为吴丹机智过人的观点不仅仅是一个房客的想法，而是类似于大多数人的判断，是由带点揣测色彩的"人们说"和"据说"所传达的真相。克里斯蒂安说的每句话几乎都有一种隐伏的、令人难以抗拒的魔力。而且尽管在接下来的几分钟里，他用了"蠢蛋"（一次）、"蹩脚"、"辐射体"这样的词，当然还有"旷工"，我们再次感觉到他可能受过教育。我也能从母亲的脸上看出，这比脏话更令她烦扰。我的意思是，谁都能爆粗口。通往我旧房间的门被移走时，气氛已经变得有些忧郁。所以一定是这些原因的综合作用，才让母亲如此忧虑。竟然从同一个人的嘴里冒出了"蠢蛋"和"偶发"这样的词，就好像这个人是混血，没有家乡，是人人都知道的吉卜赛人。这也就意味着他是个虚伪和不可信的人。我们是不是在自己的田园里安放了一个特洛伊木马？

母亲用一句简短的评论结束了这一晚：

"好的，那么，我觉得我们该睡觉了。"

她站起身，拉下裙摆。克里斯蒂安也跳了起来，仿佛他正被当场抓获。

　　"是的，明天又是新的一天。晚安。"

　　他走进房间，但又出来了，说："谢谢你的晚餐，我好像忘了说了。"说完，他把一枚黑色的五欧尔硬币放在电视机上，说，这是给我的，这硬币经历过战争，他还说自己曾收藏过硬币，猜想我可能也有这个爱好？

　　母亲和我终于能进浴室进行我们的夜晚洗浴活动了，自从房客来了以后，这个仪式的时间变长了，因为她得等到最后一刻才能卸掉鞋店妆容，而我则坐在浴缸边，一手拿牙刷，一手握硬币。

　　"你觉得怎么样？"她看着镜子里的我问。

　　"还行吧。"我说，指的是电视，尽管这东西因为节目的原因，我想，没有预期的好，但这很好补救，至少第二天我到学校就有东西和人说了。

　　"奇怪。"她说。

　　"什么？"

　　"但愿我们没做什么傻事。"

　　"什么？"

　　"你没看见他的手吗？他不是建筑工人，从来都不是。"

　　"你是什么意思？"

　　"唉，你见过弗兰克的……呃……或是叙韦森先生的手的。"

　　我不知道她究竟想说什么，但还是低头看了看自己握住硬币的手，并没有觉得有何异样。

"但愿他不是个势利小人。"母亲说。我不知道势利小人是什么意思，但在她解释后，我也并不觉得这会和克里斯蒂安有任何联系。

接下来的几天里，事实表明，我们这位新房客拥有不少任谁都会艳羡的小玩意儿：当兵时用过的刺刀，用木箱子装的配有铜零件的显微镜，放有二十八枚铁球的皮夹。那些铁球原是黄色挖土机轴承上的，现在可以当作玻璃弹珠，或是就握在手里把玩——这东西抓在手里该多棒呀。在另一个木盒子里装的，是一个铜制的小陀螺，上面绘有绿色的螺旋图案，人盯着看时，会头晕。另外，他还有一副国际象棋，棋子都是铁制的。据他而言，棋子和陀螺一样，都是他自己动手做的。他就是以制造工具为生，他和我说。但他不喜欢这个职业，原因他和我解释了，但我一个字都听不懂。所以，他就出海了，一开始挺喜欢的，直到后来，他在爱尔兰西边沉了船。之后，他便不愿再出海，便回到老本行，但这么多年过去，这一行并没有改变。所以，最终，他进入了建筑这一行。

关于他的工作，我们只听到这么多，尽管母亲认为，他的手和这一说法相互矛盾。直到有一天，当他按时来交第一个月的房租时，母亲直截了当地问他：

"我主要是做接合的工作。"他说，眼神尖锐，说罢便回到自己的房间，留下我和母亲满脸疑惑地交换眼神。

"老天啊。"母亲说。

就这样，神秘的事接踵而至。为什么克里斯蒂安不能和我们坦诚相待呢？我们对他毫无隐瞒，他也已经住在这里，且为人和善。我们都挺喜欢他了。

现在轮到母亲担心了。我已经习惯克里斯蒂安曾是海员，还制造工具，但这也成了一个问题，因为母亲不同意我随时想到克里斯蒂安的房间就能去，更何况我几乎每晚都想去找他。我敲门，他说："请进。"我就进去了，呆愣愣地看着他，直到他从报纸上抬起头，朝还有位置的纺锤背椅子点点头。他又读了一两分钟，而我则坐着，双手搅在膝盖间，扫视着他的书。墙上钩子上垂下一包钢球和象棋板。等到他看完报纸，他问我有没有做作业。

"做了。"我说。

"我从来不做作业。"他说。

这对我而言没什么。我许多朋友都不做作业，这只不过给他们招来点麻烦。另外，词语和数字很有趣，他肯定也发现这点了。

"你真是个有趣的小伙子。"他说。

"你也是，"我说，"我们能看一下显微镜吗？"

"去吧，去拿出来。"

我拉出显微镜，装上反射镜和玻片，观察起一枚克朗硬币的表面。没什么好看的，到处是划痕，深如沟壑，都是肉眼看不到的。

"你知道这是什么吗？"克里斯蒂安说。

"不知道。"

"是这枚硬币的历史，看这里，日期，一九四八年，从那时起，这枚硬币经过了无数人的手，它被放在储钱罐里晃过，去过收银机、口袋、自动贩卖机，可能还从一辆出租车上掉下来过，在一个雨夜的斯图尔加塔附近被碾过，再被公交车轧过，直到一个小女孩在第二天早上的上学途中捡到，带回家，放进储钱罐。这些都是轨迹，是硬币的历史，小伙子，你知道什么是历史吗？历史就是历经风霜。比如，看我的脸，全是皱纹，尽管我才三十八岁，你再看看你自己的，像婴儿的屁股一样光滑，我们之间唯一的区别就是我比你历经风霜。仅仅是三十年的风霜。就像这枚硬币和昨天才铸就的硬币间的区别。比如这枚。"他拿出一枚崭新的硬币，原来是皇冠的地方变成了一匹马，他让我在显微镜下观察。确实，这枚硬币就像无风的海面般光滑。直到我们换了镜头，看得更仔细些，我们才发现，哪怕是新硬币的表面也是粗糙的，上面布满了成百亿个克里斯蒂安称为晶体片的微小颗粒，它们历经风霜后便定会消失。"也就是说，硬币从铸币机吐出来时，并不是它最闪亮、作为硬币最辉煌的时刻，那个时刻多半在硬币已经被它第二十六个或第四十三个主人拿出口袋，在比耶克的奥斯布尔买一根香肠外加土豆饼，并淋上芥末时到来——这才是硬币历史上的顶峰，即从一个饥饿的顾客的手中滑出，落在吃得饱饱的香肠小贩的柜台上。从那时起，一切都是下坡路，无法再被扭转，尽管这需要花些时间。你见过彻底磨损的硬币吗？"

"没有。"

"快去客厅把你母亲的百科全书拿来，书脊上印有字母S的那本。"

我照他说的做。我们查到了国王斯韦勒。他本身就位于我们国家历史的巅峰，但斯韦勒不仅是战士、国王，令我国发生翻天覆地的变化，他也是铸造了硬币，并在百科全书里把它用图片表示出来的人。在这些硬币上,你几乎辨认不出 Suerus Magnus Rex,[1] 这是拉丁语。它们薄如叶片,就像发亮的金属片,放在光亮处,你就能看到太阳光透过硬币。不过,我们现在讨论的是八百年以上的风霜,所以对硬币来说,这没什么,要注意,克里斯蒂安在总结时指出。

我疑惑地看着他。

"所以,从这里发散开去,"他颇具哲学意味地说道,"你认为作为一个人,何时才是他的巅峰时刻呢?"

我想了一下。

"也许,是你的年纪。"他笑得狡黠。

那晚,我带着百科全书上床,读完了那篇写国王斯韦勒的文章。尽管那里有些词是连克里斯蒂安也不会用的,我还是觉得他说得挺有道理。

---

1 意为"斯韦勒大帝"。

5

母亲却不喜欢我去他的房间。我不应该打扰房客的，我被如是告知，不仅如此，她也不喜欢我在敲门、等他说"请进"后，在房间里待那么久。有时，他不会说"请进"，那时我就不会进去。最糟糕的是，我回来的时候会获得各种信息，比如斯瓦尔巴群岛[1]的平均气温，或是挪威人喝阿瓜维特酒[2]每年能喝到三百三十万升，但他们灌到喉咙里的红酒却不及阿瓜维特酒的十分之一。这种东西小孩子是不该知道的。

"我不是小孩子。"

除此之外，我还会告诉她，我们一直称为"红肠"的东西其实叫莎乐美肠，即意大利香肠，而且尽管我们一致选了埃纳尔·基哈德森当首相，但他其实并不可信。所以，我夜晚的这些造访就此告一段落。我甚至都不能去他房间还我借来看母亲尼龙袜网眼的显微镜。她代劳了。可等她回来时，她双颊通红。她想知道是不是这位房客总是把内裤挂在窗帘杆上晾干。

我不知道。但她打起精神准备进行新一轮进攻。她再次冲进房间，说她不希望看到内裤被挂在窗户边在整个街区示众。

"好吧，"克里斯蒂安说着，无动于衷，"那我应该挂在哪儿晾干？或者说该去哪儿洗？"

结果是，他会有一个自己的筐子装脏衣服，这样他就能在轮到她洗衣服的时候拿着筐去洗衣房，把脏衣服丢进洗衣桶，之后她就可以帮他在晾衣房里把衣服挂起来。我的感觉是，这种安排是为了避免让她碰到他的脏衣服。克里斯蒂安也是这么解读的。接下来的几周，我们之间便没有太多接触。

那个秋天，供货商罢工了，奥马尔汉森的店多少有些库存不足，母亲用了很久的时间才在从鞋店回家的路上找到她需要的东西。可是一天下午，我们在门廊看到一个大箱子，里面有人造奶油、面包、土豆、鱼丸、一管鱼子酱、鹅肝酱、两瓶索罗柠檬汽水、三块弗瑞雅牛奶巧克力，箱底是给我的两本牛仔漫画。

"你不该这么做的。"母亲说。

"为什么不？"克里斯蒂安说，他和弗兰克一样，在工会有朋友，他说，而母亲没有。相反，罢工的正是她所在的工会。

"你至少可以帮我存放在冰箱里，对吧？"

这种安排和电视是一样的。现在我和母亲每晚都会看电视，完全合法，因为她已经以她的名义付了许可费。克里斯蒂安已经越来越深入我们的生活，无论她做什么。

"这些你要多少钱？"她试探性地问。

---

1 斯瓦尔巴群岛：挪威最北界的国土范围，位于北极地区。
2 阿瓜维特酒：斯堪的纳维亚产的白兰地。

"你这人到底怎么回事？"他的语气里带着烦扰，说完便回到自己的房间，关上身后的门。那个箱子就待在原位，过了一两个小时，母亲恢复理智，把东西放进冰箱。

"这件事有些不对劲。"她说。然后补充道："唉，算了。"她给了我一瓶柠檬汽水。又是一杯周中的柠檬汽水。

之后，我们又吃了一块巧克力，打开电视看《金曲游行》，还有一个长纪录片，讲的是一匹从酿酒厂往城里各个店家运送啤酒箱的马的故事。这匹马叫巴姆斯，身强体壮，三十二岁了，这对一匹马而言，算是高龄。整个片子都是想传达，巴姆斯的时代已经成为过往，不仅对巴姆斯如此，对它整个忧伤的赛跑生活都是如此。它已经让步于机动车和柏油碎石路，还有速度。节目越来越令人沮丧，越来越愁苦，我们越坐越打哈欠，眼睛里都有眼泪。不过幸好，结束时巴姆斯和它原先的主人在一大片农场草地上闲庭信步。它衰弱的时候阳光晴好，鲜花随风摇摆，云雀低吟浅唱。

"感谢上帝。"母亲说着赶紧关上电视。我们眨着被电视强光照着的眼睛，直到母亲突然感叹："我要从他的租金里扣钱！"

6

然后，琳达来了。她是坐公交车来的。一个人。因为母亲不想再见到这个小女孩的母亲，这是我的感觉。

那是一个周六。我们慢悠悠地晃到埃克尔医院边上的公交车站，等着格洛鲁达伦来的公交车。时间还早，车在一点二十六分到。我去过学校了，刚背着书包回来，我还没和任何人说过这些事，也没提到琳达，因为我不知道应该怎么说。不过，我曾非常婉转地和一个小伙伴提到过。是有两个哥哥的罗格。我问他，有兄弟姐妹是什么感觉。他不大懂我的问题，直到他大致明白我到底想说什么，便略带嘲谑地说：

"独生子啊。"

听起来像诊断，和"你瘸了"几无二致。当然，关于这件事，我自己也有过一些不大成熟的想法，和这个差不多，就在我们装新床的时候——我甚至有一晚还睡在上面——尤其是母亲在决定收留琳达直至今日的这段时间内坐着沉思时，或是她去阁楼拿下一个粘满黏糊糊的"洛姆和东博斯"标志的我们的巨型行李箱时。原来箱子里面装的是母亲儿时的衣物，是她在琳达这么大，也就是六岁的时候穿的衣服。她一件一件检视，举起来，想一下，咕哝一两句，道："唉，我从来没有，啊，我的上帝，这是什么时候的，我都没什么好东西，但这个也许还说得过去吧？"一个叫作艾米莉的布娃娃其貌不扬，里面的填充物都从腹部的缺口伸出来了——因为她的哥哥们，我被告知，给她做过阑尾手术。她的腿摇摇晃晃的，脑袋松软懒散，眼珠呆而无神。

"她不是很可爱吗？"

"嗯。"

她把艾米莉放到琳达的床上，过去这个礼拜，她一直睡在这张床上，今天早上才离开。

"艾米莉在哪儿？"我醒来后问。但母亲没有回答。"她是今天来吧，对吗？琳达？"

"当然。"母亲道，好像这就是艾米莉应该回到阁楼的正当理由，这样她和琳达之间就不会产生误会，我猜测，但我又怎么会知道？床上的床单、被套又换了一次，第三次了。两者之间没有任何东西。床在等待。

终于，公交车来了。也停了。但是没有人下车。相反，有不少乘客上车了，我和母亲相对而视。气动刹车嘶嘶作响，折叠门哐当一下，震颤着威胁即将关闭。母亲在最后一刻冲上前，吼着"等一下"，售票员从座位上跳起，过来抓住她的胳膊，同时用膝盖抵住门，让门完全打开。

"小心点啊，女士。"

母亲说了些什么，反正她在肮脏的车窗玻璃后的车厢内消失后，公交车没有开走。她不见了好久。之后，里面有人扯着嗓子叫，终于，她又出现了，深褐色的愤怒的脸，身后拽着一个穿着紧身连衣裙的小女孩，腿上是及膝的白袜，在这冰凉的秋季，手上拎着一个微小的浅蓝色行李箱。

"谢谢，谢谢。"她对着售票员大喊，售票员回答"不会"，"我的荣幸"，也发表了一些其他评论，只是让母亲的脸越发红了。她站在那儿拨弄头发，想把它们弄直。我绕着圈圈，盯着这位新来的琳达，原来这是个安静的胖小孩，眼睛盯着沥青路面。

最后，公交车开走了，母亲跪在我们新的家庭成员面前，想和她对视，但就我看来，并不怎么成功。但后来她完全失控了，我的母亲。她开始拥抱这个笨拙的孩子，拥抱的方式令我非常担忧。但琳达也并没有任何反应。母亲擦干眼泪，这是她感到羞愧时的惯用动作，说：

"哎呀，我在干什么？来，我们去奥马尔汉森买点巧克力吧。你想要吃点巧克力吗，琳达？"

琳达没有说话。她身上的味道怪怪的，头发不整齐，到处乱飞，刘海直接垂下来，满脸都是。但她确实也把手放进母亲手里，握紧她的两根手指，把她的指节都抓白了。母亲再次无法保持镇静。而我再也看不下去了。我知道那一握，就是一辈子了，不仅会改变琳达生命里的大部分东西，也包括我的。这种握手，只会永远紧锁在你的心上，直到你离开这个世界。当你躺进坟墓里，它还在。我猛地抓住天蓝色的小行李箱，它几乎没有重量，把它甩在肩头。

"她问你要不要巧克力啊！"我尖声道，"你是聋了，还是怎么回事？"

琳达吓了一跳，母亲凶恶地瞪了我一眼，这样的眼神，她通常都会留给更大些的场合的。我明白了，走上小山坡的时候，跟在她们后面几步远。母亲现在用一种假装友好、有些过于尖的声调说话："这就是我们住的地方，琳达。"她对着特隆赫姆斯维恩街上的汽车尾气，指向对面。

"是那边的三楼。有绿色窗帘的那间。是三号，从底下数第三个街区，属于最先建好的那批……"

还有一些废话，琳达都没有反应。

不过我们还是吃了巧克力，事态稍有好转，因为琳达吞下了巧克力，也笑了。不过相比开心，她更多的是困惑，这样就不会让人觉得她那么可怜。是的，我就是。我想母亲可能觉得她吃巧克力的时候显得太贪婪了，所以就有了找她麻烦的理由，或者这样就会出现让人希望有所改变的东西。在我看来，这对我们都好，因为到现在为止，琳达还是缄口不言。我们进了门之后她还是沉默着。

"床。"她说。

"对的。"母亲回答，有些不知所措。"你在那边睡。"

这时，琳达松了紧握母亲手指的手，爬上床，躺下，闭上眼睛。我和母亲也玩起了这个游戏，惊异的感觉每秒俱增，因为这并不是游戏。琳达睡熟了。

母亲说着，好了，好了，帮她盖上被子，坐在床边抚摸她的头发和脸颊。不一会儿，她离开房间，在厨房餐桌边瘫倒了，仿佛刚从战场归来。

"我想她一定累坏了，可怜的小东西。来和我们住。完全一个人……"

这句话也无法激起我的任何同情，毕竟能和我们住在一起，能在一张虽然还没有人睡、但已经整理过三次的床上睡觉，难道还有比这更好的结局吗？我也说到这个程度了，好让母亲知道，这位家庭新成员已经让我挺不舒服了。

　　但她没在听，她打开了浅蓝色的行李箱，发现一封信，像是一份指南，用瘦长的字迹告诉我们琳达喜欢做什么——玩（！）和吃：桑达蜂蜜和加香料的奶酪，土豆淋上肉汁，她不大喜欢吃肉、鱼或蔬菜。不过这封信还告诉我们要"当心，不要给这孩子吃太多"。不仅如此，她的左膝有些问题，需要吃药。写着琳达名字的盒子里装着药片，母亲准确地在箱子里找到了，举到灯下仔细查看，每晚两到三片。"让她用一整杯水服下，"信上说，"睡前服用，这样她晚上就不会起来洗劫冰箱。"

　　母亲又慌乱起来：

　　"老天啊。"

　　"怎么了？"我说。

　　"太可怜了！"她哀号。

　　我再一次表示无法理解，只是重复道："你到底怎么了？"

　　"她和他长得也太像了吧！"

　　"像谁？"我叫着，感觉我真的要开始发脾气了，倒不是因为她说了什么，而是她现在的样子。她显然是在说起重机司机，我的父亲，琳达的父亲，这场尖叫的始作俑者，这个在摔死之前作乱的男人，令我们如此分不清南北。好像还不够乱似的，克里斯蒂安恰恰在这个时候回来了。他感觉到发生了什么，想问到底是怎么一回事。

"和你没有关系!"母亲厉声道,完全失控,也并没有想掩藏她被泪水迷蒙的脸庞。"出去!听到没有!别再出现在我的面前!"

克里斯蒂安很聪明,明白事态紧急,便离开了,泰然自若。我没他那么聪明。

"那我像谁?"我大吼,"你从没说过我像谁!"

"你怎么回事?"

我不再是我自己,在我意识到自己的行为前,我已经抓住她的手,朝琳达宣告属于她的两根手指狠狠用牙咬下去,就这样使上了全部力气。现在的母亲总算有尖叫的理由了。她猛地甩了我一巴掌,有生以来第一次,我们就这样怒视对方,两人都变得更多了些。我甚至感到自己残忍的脸上辐射开一个僵硬的微笑,一阵刺骨的寒冷。

之后,我吐在了我们之间的地板上,一言不发地走到门廊,套上外出的衣服,走到街上,加入其他人,那些仿佛没有家的人,至少他们从不在家,那些大男孩,那些废人,雷蒙德·瓦卡纳格尔、奥韦·约恩,等等。那晚,我们砸碎了二幢、四幢、六幢、七幢、十一幢入口处的窗玻璃,还有林恩储藏室的小窗玻璃,那屋子是用来存放西米和卷烟的。在汤森街区,从来没有过仅仅一个周六晚上就有这么多窗户被砸坏。也许,我是唯一知道原因的人,或者至少是有动机的。都是那个躺在我们新的双层床上睡着的哑口无言的陌生人害的。我猜其他人是出于习惯搞破坏,或者说这就是他们的天性。这不是我的天性。

之后有一场大骚乱,看门人和房地产合作社主席参与了调查。当然,想要找到肇事者并不困难,就是惯常的嫌疑人,奥韦·约恩和雷蒙德·瓦卡纳格尔，等等。奇怪的是我，一个从来不犯事的人，一个以听妈妈的话著称的人。这不仅是因为我没有父亲，而是我本来就是个头脑清楚的男孩，是个脚踏实地、反应迅速的快乐男孩。亨里克森小姐在我的写字测验上就是这样评价我的，我会写字，会做加法，我什么都不怕，甚至都不怕雷蒙德·瓦卡纳格尔，我几乎每晚都会洗漱，我个子小，但我不会尿在裤子里，如果有人让我拿把刷子把整个客厅的墙都刷一遍，我也会非常乐意效劳。我是不是和坏孩子玩到一起了？还是说我的身体里也躺着一只沉睡着的无法预测的恶魔？

这让克里斯蒂安有了回归的机会。

"胡说。"他对房地产合作社主席约恩森说。他正站在我们的门廊上，是个颇具威严和震慑力的存在，正和母亲商量着要如何处理这个坏小孩。"这个男孩没做错。"

"你怎么会知道？"母亲直言道。她会认为在这种情况下，对约恩森还是卑躬屈膝点比较好，她可以扮演顺从的角色。母亲可以做到，如果需要的话，因为这是从她的背景里带来的，她是托尔舍夫四个孩子里最小的一个。据说她的父亲很能喝，而母亲在他死后，便将自己安卧在安乐椅里，也喝了起来。

"任谁都能看得出来吧，不是吗？"克里斯蒂安用他那不屈不挠的主席嗓音说，"任何有头脑的人，都会这么说。"

为了保险起见，他用一只手摸我的头，还微笑了，鬼知道为什么，之后便哼着小曲进了他的房间。

母亲双手抱胸站在那儿，拨弄着裹住她那两只疼痛的手指、那两只属于琳达的手指的创可贴，对和约恩森这个决定何时开暖气、何时需要把雪橇椅堆好并放到防空洞里度过夏天的人站在一边的亵渎行为不那么自信了。

"哎呀，我想我们就大事化小、小事化无吧。"她试探性地说，把眼睛转向别处。可这只是让我又大哭起来，脱口而出我会用自己存的钱赔十一幢楼的玻璃，我砸的就是那扇。

母亲低头看我，抚摸我，约恩森知道协商结束了，但还是坚持自己的观点，仿佛是为了表现出是由他而不是母亲来决定他何时离开，更不用说是由谁来宣布什么时候这件事才算解决。等他做完这一切后，他走了。

之后，母亲便自由地开始了一场对我漫长的责骂，关于我该如何离街上那些小混混远点，我到底在想什么东西，之类的。但这些都挺稀松平常，和琳达来的那天砸向我们的炸弹不同。那还是上周六的事。

如今，她正坐在厨房餐桌旁，等着。

等着吃晚饭。

根据蓝色行李箱里的指示，我们已经开始执行我们的决定，由母亲为切板上的面包片抹黄油，放到两个不同的盘子里，之后放到我们面前的牛奶杯边上。每个盘子上的面包片数量相同，两片半，上面加什么由我们自己决定。母亲只吃一片，涂糖浆。这能让她回想起自己的童年时光，或许也是她几乎从未吃够的东西，因为当时经济拮据，人们都这么说。她站在面包切板边上，弄着橱柜里的什么东西，也可能是水池里的，偶尔讲一两句玩笑话。已经没有更多的面包黄油给琳达了，无论她坐在那儿无言地盯着母亲多久。通常情况下，她的耐心会令最坚决的意志瓦解，确实会，尽管她已经不像刚来的第一天那样贪婪地吃东西了。不仅如此，她也明白了她不能在餐桌上抓取食物，比如桑达蜂蜜。

我知道就算我在这个特别的晚上还想再吃一片面包，我也不会说一句话，无论我吃两片还是六片都没问题。我从母亲那儿得到一个肯定的点头，因为我们俩在遵守信件里的指示这件事上是一致的。琳达就会明白事态是怎么样的。

"看书吧。"她说。

我们就看书了。但首先，桌子得清干净，还得洗碗，如果这还能称得上洗碗的话，因为琳达站在脚凳上，我不得不放弃的脚凳，手在肥皂水里乱挥，溅得到处都是，而我则比往常都要认真。我发现她身上没有味道了，什么味道都没有，和我一样。她的头发也梳得整齐，剪短了些，她还拿了个浅蓝色的发夹，把刘海别上去，这样她的大眼睛就不会被遮住，她也就不能再藏在刘海后面了。母亲问她会不会唱歌。她支支吾吾了半天，终于咕哝出一个我从未听说过的歌名，但母亲笑了，哼出了旋律。她知道这首无名小曲的几句歌词，边哼边把餐具擦干、收好，琳达则对着洗碗水害羞地笑了，脸上粉嘟嘟的。在我们看来，这是个好兆头，因为说实话，从她到我们家来以后，她还没有怎么笑过。

连阅读也有了些变化，现在我们又要读宝波西双胞胎了，我真心不喜欢这些小孩子，天知道他们到底有多少父母、叔叔和婶婶。还有《芭蕾学校的迈特－玛丽特》，母亲在小的时候读过，想让我也读，但我真的无法忍受迈特－玛丽特。反正琳达不大爱读书，她只想反复听前一页半的故事，仿佛故事一开始，她就会跟不上情节，不然就是她对重复有一种特殊的偏爱。

然而，躺在天花板下有一种独特的气氛。把双臂枕在脑袋下，知道就算有想法也得把嘴闭上，知道保持安静就会得到表扬，母亲也确实会表扬。她的惯用表情里又多了一种。我们成为我所形容的一个团队，拥有一个共同任务，那便是照料一个我们尚未完全了解的人。直到整整三个月后，我们才弄清她是什么样的人。

7

我之前提到过，母亲来自一个挺大的家庭，有三个哥哥，还有一个年迈的母亲，成天都待在摇椅上。如今，她沉迷在需要耐心的游戏里，沉浸在无止境的雪利酒里，但她见到我时，总会容光焕发，问我在学校怎么样。在学校表现好很重要。但她从来不听我的回答。

"抽一张卡。"她说。

我抽了一张，如果我抽的是梅花七，那就意味着我将过上富裕的生活，抽到方块J基本也是这个意思。不过，通常我们不会待很久。除了圣诞夜那天，我们会聚在托尔舍夫一个工人阶级的老房子底层，那里只有一间厨房和一个房间。在那间不知为何不叫客厅而叫会客室的房间里，有一个烧柴火的筒状炉子，黑色的，非常大，烫得要命，不得不用铁丝网围着防护，但铁丝网几乎也一样烫。

圣诞夜，我们来到外婆家时，我就得和奥斯卡舅舅一起到地下室砍柴火。这也算是从阿尔沃中心走了一路也冷了一路后的不错调剂，结束后便能闻到圣诞夜会客室里好不容易飘出来的排骨香。现在的会客室有一棵云杉在火红的炉子边枯萎着。外婆还是会用真蜡烛，所以就得一直换，因为蜡会像鼻涕似的淌到极其干燥的树枝上。

奥斯卡舅舅比其他人年纪都大得多，战时是商船海员。他没有妻子和孩子，接受商业救济。他的时间都在简单的木工活中度过了，可就算如此，用母亲的话说，他也"活下来"了。圣诞夜那天，他总是很早便到了，把排骨放进烤箱，之后在存放木材的地下室砍引火柴，一砍便是几小时，这是替外婆干活。这样，她在冬日便能一直烧炭了。我到的时候，他演示给我看，要如何砍柴，如何堆放木头。他会笑，脾气好，待人友善，但他话不多。而且尽管我非常期待礼物，但和奥斯卡舅舅在地下室的那个小时，无疑是整个晚上最美好的时光，因为不知为何，其他人总爱说他，尤其当我们围坐在桌前时。他们一会儿说从上次见他后，他的背驼得厉害多了，一会儿说他的头发白了，不然就是他打台球怎么还是赢不了。

母亲也会加入他们，我很不开心，虽说她比比亚内舅舅克制多了。比亚内舅舅是个严肃得可怕的工程师，在城外一间纸厂工作，所以每年我们也就在这天能见到他。

兄弟中最小的是托尔舅舅。他是个服务生，在海斯特斯克恩、伦纳和格雷弗森色特拉工作过，地点一直变。他生性活跃。发完礼物、饮料也上桌后，他便和母亲跳起舞来。他还会和比亚内坏脾气的老婆马里特舅妈跳。随着夜晚时光流逝，她会慢慢放松，到最后整个人都懒散下来。她的爱人比亚内则不会这样。他的圣诞礼物永远是书，而且每当他对奥斯卡舅舅评头论足一番后，就会在厨房的长椅上安顿下来，开始看书。显然，他的童年时光也大多在这里度过。夜晚结束前，他的书也读完了。

这时，他就该把一群孩子和那位摇摇欲坠的妻子召集到一起，歪歪扭扭地走去桑达科维恩乘计程车了。这里说的孩子是我的三个表姐妹，都是比亚内和马里特的孩子。她们用方言说话，永远都在当心别让肉汁弄脏了连衣裙。年纪最大的也叫马里特，比我大两岁，人还挺有意思的。她喜欢编些把戏糊弄我。

"看我，芬恩。"她说着动了动手指，是变魔术的意思，然后，突然间，短短一秒前还是空着的一只手上，现在多了个圣诞心。但这个把戏很容易看穿。

"你放在另一个手里的。"

"你再看。"她又试了一次。

"现在在你背后。"

但是，她脸上的笑容并没有因此消失。她只是伸出一只手，慢慢地，好像要从我的耳朵里变出一枚硬币，但她捏了我的脸颊。我的泪水都涌了上来，痛苦地大叫。

"看吧。"她说着，得胜般地转向其他人。

"哈哈，芬恩又上当了，被蒙的小家伙。"

这个称呼是比亚内的叫法，我听得出来。他喜欢做这类事：泼人凉水，"玛丽玛丽可不是嘛"，说的是母亲，"咚咚咚咚有人在家吗？"用来形容奥斯卡舅舅。这类俗语、童谣和口号，母亲和我都感到甚为尴尬。母亲不喜欢比亚内舅舅，不喜欢他，不喜欢他的老婆，也不喜欢他们那群孩子。我曾听她嘟囔"傻瓜"、"笨蛋"，还有更坏的说法，当她以为没人在听的时候。

可是，唉，不知怎么回事，奥斯卡舅舅好像总是听不出这些话是在针对他。无论别人说什么，他总是开心地笑笑，慢慢地吃着，直到吃得大饱，毕竟他刚刚在地下室砍了很久的柴火。他甚至还带着工作服，就挂在狭小的卫生间里，之后才会换上用餐时穿的蓝色西装。我们在外婆家的时候母亲总是寡言且敏感，从不上厕所，因为卫生间很黑，还挤。她需要一两天的时间才能恢复。在深夜的严寒中，我们拖着步子回家的路上，她总会碎碎念，说好不容易一切都结束了。就像去年，我们每人拎着一袋礼物，走过拉格纳林达尔托儿所，穿过林恩路，从缪斯森林间走过。这也是我的上学路。接着，我们经过简陋的棚屋，也就是黄家伙、红家伙和黑家伙住的地方。屋顶上是闪亮的积雪，看起来就像约瑟和马利亚的那间棚屋。背景是特隆赫姆斯维恩沉静、烟黄色的伯利恒之星。尽管田园牧歌般的美被野兽的声响，也可能是人的鼾声打破了，母亲还是颤抖着加快了步伐，低声念着"可怜的家伙"，又说：

"我们没事的，我们。记住这点，芬恩。"

然而把童年的家里的圣诞夜抛在脑后，这令她释然。

我们有了琳达的那年，她写信告知了自己的歉意，并告诉我她不想去了。她寄到家人手上的圣诞卡片里写了什么，我并不知晓。然而，我们就要自己待着了，我们三个。那是我记忆里最棒的圣诞节，虽然一开始有些动荡。我们去阿尔沃中心买了一棵圣诞树，用埃西装鱼的雪橇运回家。在特拉福韦恩走到一半的时候，我们发现琳达不知道礼物是什么。

"礼物是什么？"她用很轻的声音问。之前，母亲和我正在用非常激动的声音讨论圣诞清单，讨论我们可能收到什么礼物、我们极高的期待，说到今年能把和托尔舍夫一家有关的所有思绪——无论那是什么——抛在一边，母亲甚感欣慰。还有克里斯蒂安，他不仅准时交了十二月的租金，还预付了一月份的。用他的话来说，这样母亲在圣诞节期间就能有些钱花了。

琳达这个问题的重要意义渐渐渗透了她的心，但我根本不懂，尽管我早该从母亲苍白的脸上看出端倪。所以，我能说的只是：

"你不知道礼物是什么吗？你是傻瓜吗？"

接着，我生平第一次听到了这句话：

"你给我闭嘴，芬恩，不然我会杀了你。"

"她说礼物！"我尖叫，"她知道礼物是什么！你难道不知道吗，琳达，你知道礼物是什么，不知道才怪。"

我们满心期待地低头看琳达，但她没有表现出一丝理解的迹象。她被这一连串的争吵吓到了，又紧紧攥住母亲的两根手指，眼睛直视虚空的深处。她想要回家。

这天接下来的时光，是母亲冗长的安慰独白。关于庆祝圣诞节的诸多方式，琳达无需绞尽脑汁。有些人之间会互赠礼物，有些人则不会，这个世界拥有无限多样性。而且我们确实可以看出，当琳达终于明白礼物的含义时，她非常期待她即将会收到什么礼物。

她要编织的圣诞心也不是很顺利，不过我演示给她看，要如何剪下卡通鸡蛋的图案，将两端用胶水粘好，再用水彩着色。学期末的最后一天，学校里就是这样教我的。然后，再用一根线串起，这样它们就能挂在圣诞树上了。

我们忙着做手工时，母亲朝我摆出了一副新脸色，意思是她想和我单独谈谈，这样琳达就能一个人在厨房全心全意地投入鸡蛋盒的活动。

到了客厅，母亲弯下身子，对着我的耳朵问，既然我们收到了琳达母亲的圣诞卡片，我们要不要也给她寄一张。琳达母亲的贺卡上依旧是细长的字体。她的第二个问题是，我们要不要给琳达看。毕竟卡片上没有什么暖心或有人情味的话，只有印上去的圣诞快乐和新年好。再说，琳达也不识字。不仅如此，她也从来没有提过自己的母亲，甚至在母亲问到时也只字不提。正是因为这个原因，母亲才不想给琳达看。

我无需反复考虑。对于这两个问题，我都立刻回答，不用。不仅如此，现在是十二月二十二日，根据我的经验，邮局在这些方面也属于速度比较慢的。我们在报纸上登广告的时候就发现了。

一开始，母亲向我投来一个惊讶的神情，之后则是责备，再接着，毫无预警地，她变了，反而展现出新的温暖。我甚至被拥抱了一下，接着被赶去厨房。这时琳达正忙着她的第三个装饰球。黑色的球上有流水状的黄色条纹。

"你得等它干了才能在上面画，"我说，"看。"

我示范给琳达看。把她必须做的步骤重复一遍。但既然她开始做了，别人就没有办法让她停下。晚上稍晚些时候，母亲试了一次，树上只能放四个、顶多五个装饰球。毕竟我们还会放一些别的漂亮饰品，比如店里买来的装饰球、镶金丝的饰物、灯泡、爱心、小旗子、夹上去的小鸟。我有种预感，这会和阅读一样，无论做什么，都会无限反复。这点使人担忧。我想母亲也很担心，因为她突然说，我们应该去阳台看看圣诞树。当然，这树得到第二天才会搬进客厅，这是我们家的传统，她用童话般的嗓音说着。在二十二日这天，我们站在阴冷的阳台走廊上，欣赏着还未进屋的圣诞树。这时，雪花正从楼上阿尔内布拉特恩家的阳台上纷纷扬扬地落下。此情此景颇有迪士尼动画的味道。

当然，我们是在预谋着分散琳达的心思。我接到暗示，要留在厨房整理那一片狼藉。这样，琳达做好的装饰球只有八个会排成一列放在墙边。我必须承认，有流水状黄色条纹的黑球其实是最好看的。她们回来时，母亲哆嗦着说，现在我们该享受一杯美味的热可可了。琳达便轻松地将注意力放到晚餐上。今天琳达的晚餐多了一片夹有调味芝士片的面包。

二十三日，我们装饰了圣诞树。母亲和我分别站在一个脚凳上，琳达拿着她做的装饰球站在地板上。我们三个像裙摆般围绕着树，像分布在乱糟糟的太阳系里的行星。这件事对琳达也是第一次，所以这又是一个伟大的夜晚。而我一个不小心，就可能出口伤人，结果惨重。母亲则心情很好，因为克里斯蒂安和他自己的家人在一起。这间房子终于属于我们了。

二十四日早晨，我和琳达上街逛了几个小时。第一次。哥哥和妹妹。尽管我有些紧张，但一切都进展得挺顺利。不过，待在家的安妮－贝丽特，表示琳达坐雪橇的方式不对，她总是想跑到我的雪橇上。我当然任她去了，但这就表示她妨碍了我按自己的风格滑行。我想我看起来肯定比以往尴尬多了。其他孩子和她说话时，她没有回答。

"那你叫什么呀？"

"她叫琳达。"

"你是来玩吗？"

"不，她住在这儿。"

"哪儿？你家吗？"

"对的。"

"你是芬恩的妹妹吗？"

这个问题，我们俩都没有回答。

"我妈妈说你是芬恩的妹妹。"

"我妈妈也说了。"

"是吗，芬恩？"

沉默。

"喂，芬恩怎么不回答？她是你妹妹吗，芬恩？快说呀，别躲躲藏藏。"

"她之前到底都在哪儿哦？"

一个叫弗雷迪二号的男孩对着她说：

"你是不会说话，还是怎么的？"

"没有。"琳达呢喃。这帮家伙笑了，弗雷迪二号笑得最响。他之所以叫弗雷迪二号，是因为我们这条街上至少有三个弗雷迪，其中只有弗雷迪一号有些个性。

"也许你只是聋了？"弗雷迪二号表示出疑问。

"是的。"琳达说。

他们笑得更大声了。但这是个不错的答案，因为至少目前就不会有人再提问了。我们又滑了一会儿雪橇。琳达越滑越开心，因为我们一直在最短的坡上滑，就在我们家门前。等我们滑到底，她就会抓住我的手套，就像她抓母亲的手指一样。我们一步一踏地爬到顶，再次滑下来。可这时，某个机灵的花花公子问道：

"你，你叫什么名字呢？"

"她叫琳达，我已经告诉过你了！"

"她是不会说话，还是怎么的？"

"说话呀，琳达！"

"琳达，你要来点太妃糖吗？"

"……"

大约两个小时后，我们彻底冻僵了，毛衣、袜子、围巾、羊绒帽上都倒挂着冰块。我们太难受了，便进了屋。母亲得把鞋带上的冰都敲碎才能帮我们脱下靴子。她拥抱了我俩，态度温和，说琳达必须得去洗个澡，她冻成冰了，这可怜的小东西，她喜欢洗澡，不是吗？

"是的。"

最后她总算坐进浴缸，嘶嘶地挥动着新的小鸭子，这个圣诞节预发的礼物。圣诞节前预发的礼物挺多的，大多是衣服。母亲在铺好、掀掉、重新铺好、再掀掉桌布后，最终坚定地决定使用白色桌布。她对我说：

"你们在坡上好像滑得挺开心的。"

"当然。"

"我看到你们还在和其他孩子玩。"

"嗯。"

"你们玩得不错吧，我想……?"

"……"

大人的脑袋瓜永远无法理解孩子有多么愚蠢，我们的对话也上升到了弗雷迪二号那种令人眩晕的程度，也就是，直到我离开她，蹲在电视前按下"开"的按钮后，我才意识到蟋蟀吉明尼的动画片开始了。可我还没看几分钟呢，门铃就响了。

"芬恩，你能去看下是谁吗? 我想是有人想找楼下那家人。"

是托尔舅舅。他通常是不会来我们家的，就算他在附近工作，海斯特斯克恩之类的，我们从厨房窗户就能看见的地方。但他今天来跑腿了，他是这么说的，身着服务生制服，面带酒醉的笑容，百利护发霜压着他那一头金色卷毛。

"啊，芬恩，你期待圣诞节吗?"

"是啊，当然……就是今天吧，对吧。"

"是的，没错。"

"啊，是你啊，可不是吗?"母亲在我身后说道，一只手拨弄着耳环，可她并非没有摆出一副审视的面孔。她肯定和我一样，已经发现这个不速之客竟然空手而来。这就是托尔舅舅。这个圣诞节他可能会给我一副昂贵的滑雪板，下个圣诞节就会因破产连根香肠都没法请我吃。对于这点，他会欣然承认，用他那令人目眩的魅力。用妈妈的话来说，托尔舅舅属于家里永远不会长大的那类人，无论他年纪有多大。母亲这话也有点道理。其实从我知道有他以后，他就仿佛一直和我同龄。他来这儿是想顺路带我们的，他说，车就停在街角。

"车?"

"是的，一辆出租车。"

母亲冲到阳台窗前。

"你疯了吗? 你居然让出租车在那儿等，车还在计价?"

"是啊，你们好了没?"托尔无辜地说，一边面带欣羡地审视着墙纸、沙发和圣诞树，也许尤其是电视吧。母亲已经关掉了。她站在荧幕前，双手叉腰，眼露凶光。

"这是你和比亚内想出来的主意吗?"

接着，事情像往常一样发展了。托尔舅舅扑通一声坐到沙发上，边叹气边抚弄着涤纶裤子上的褶皱，伸出双手，仿佛是要把手表链甩到胳膊下面。

"是啊。"他承认了，看了看表。

"这点我们之前不都谈好了。"母亲语带责备。

"是的。"托尔又说，看向我，意识到他该笑，便笑了，之后又一脸严肃，依旧坐着不动，好像光是坐在那儿就是有所表示了。

母亲什么也没说，但我看她的脸就知道，她不仅掌控着全局，可能还挺享受目前的局势。她走进她的房间，拿出钱包。

"你没有打车的钱，对吧?"

"这个……是没有。"托尔舅舅说，又盯着墙纸。

"给你。帮我和其他人问好，节日快乐。"

托尔起身了。

"好的，妹妹。你赢啦，每次都是。"

他朝母亲竖起大拇指，拿过钞票，朝门廊走去。可是他想起了什么。"这个……我能和那个小姑娘也说句话吗，趁我还在这里？"

"她在洗澡。"母亲言简意赅。托尔舅舅低头看着自己正式的服装，手足无措。

"好吧，我在想我本来应该给她准备个礼物的。"

"没错，是该准备。"

之后，依旧是尴尬，直到托尔舅舅向我们展示他那些聚会时表演的小节目：下巴贴着前胸，在油地毡上的三步曳步舞，和我打起了假想拳：

"小心这一击，小子，小心这拳……"

这时，他打开门，说好啦圣诞快乐，就下楼梯去了。

"混球。"母亲说着阔步走进厨房，转身，回来仿佛是要召集起一群精英士兵般说道，"快，芬恩，去穿好衣服，今年你们要比以往都更聪明，你和琳达。"

我们把琳达从洗澡水中提溜出来。这水现在已经有些凉了，她都开始打起哆嗦，牙齿打战。不过，当母亲隔着毛巾挠她痒的时候，她笑了。这样可爱、几乎无声的咯咯笑，我们之前只听过一次。而且我们确实看起来比以往都聪明，也更严肃。这对琳达来说不算什么大问题，因为她本来就比较安静。但我吃饭时不可能坐着不动。我们连今天都是在厨房吃的饭。今年也没有排骨，没有溢出肉汁的烤猪腿肉。

由于我是家里最擅长认字的，所以得由我念出礼物上的人名。这也挺奇怪的，就那么站在那儿，便能看出人生真正的模样：闪亮的圣诞树边，硬挺的领口摩着你的肉，只要念出礼物上的名字，就能知道在这个世界上，谁可以依靠，而谁不能。外婆，比如说，今年的得分就不大高：琳达和我一人得到一副纸牌游戏，母亲什么也没得到。比亚内舅舅和马里特舅妈像往常一样给了我们可爱的礼物，但他们俩都没有给母亲准备礼物。可就在去年，她至少还得到了一个重得不得了的饰品。这东西贵到她自己是怎么也买不起的。

只有从奥斯卡舅舅那儿，我们才都得到了自己想要的。琳达拿到一个她不会玩的拼图，我收到一个放大镜，母亲则是一台便携式煤油炉。但她只是哼了一声，尽管去年秋天一次野餐时，我们那个旧炉子报废后，她曾表示过她就想要个一样的。

克里斯蒂安也给每人都准备了礼物。母亲得到了一件珠宝首饰，这件礼物令她沉默了，也使她恼火，导致她去忙些别的我们没在做的事情。琳达收到一双荷兰产的溜冰鞋，而我得到两本书，"五伙伴历险记"系列的第十八本，以及一九六一年版的《谁，什么，哪里》，这是一本年鉴，里面插着一张书签，一句话被画了下划线，这句话说的是看电视的人数是如何剧烈增长的：

"我们的经验是，有天分的孩子很快就会认为，相比在电视机前度过空闲时光，阅读图书和杂志更有意思，相反，不是很有天赋的孩子，则会越来越多地把时间花在电视机前……"

"他这么做是什么意思?"母亲说着一把拿起书,皱着眉头钻研,然后还给我,开始专注于那件古怪的首饰。我用奥斯卡舅舅给我的放大镜眯起眼睛看,发现上面写着五百八十五。这是一只把两个爪子伸在眼前的野兔。

结果是,琳达得到的礼物最多,包括我给的。不过,这并没有什么关系,因为大多是衣服。在我们吃杏仁蛋白软糖和蛋糕的时候,她不得不试穿、脱掉、再试穿。我们边吃边笑,而她则最终在摆着溜冰鞋和那一堆衣服的床上睡着了。我呢,看着克里斯蒂安送我的那无聊的书,还没看上三页,就要睡着了。不过,那本书里至少有一张尤里·加加林的照片。这时,不得不伤感地说,母亲走进我的房间,眼中噙着泪,小声说着,只有我们的时候多好啊,是不是?

我没有回答。事实上,我们从没有过这么多人。

但是,以前也经常这样。当她想自信地告诉我些什么,总会有些别的完全不相关的事冒出来。这次是,晚上的时候,家里人可能又说了她什么。这又是一件我提不起兴致的事。

真正的问题直到圣诞节之后一段时间才显现。现在我们有三个人了,不是吗,她解释道。但琳达很快就要去上学了,放弃鞋店的工作是不可能的,更有可能的反而是,她要全职工作了。教堂后面的育婴房拒绝了我们的申请。春天也许会有一个空职。可直到那时候的这段时间,我们到底应该怎么办呢?

然而,即使是这个问题,她也没有和我说。母亲已经找到了解决方案。

"我看起来怎么样?"她问。这是十二月二十八日,午后三点刚过。

她化了些淡妆,穿上鞋店的制服连衣裙,肩上垂下她最精致的披肩。她让我照顾好琳达,便出门了。从一号开始,她一个街区一个街区地按响门铃,说圣诞快乐,问他们家里是否有人在春天到来前,一天可以有五六个小时照顾一个小女孩。她只走到七号,就找到了合适的人,二十岁,名叫爱娃·玛琳,自此我们都只是叫她玛琳了。她晚上在孔特拉斯克亚雷特做服务生,早上都在父母的公寓睡觉。玛琳看起来挺好的,尽管她刚露脸,琳达就跑开藏了起来。

"琳达,过来和爱娃·玛琳问好。我上班的时候,她会照顾你。"

这话并没有什么效果,我也无法责备她,像她这样被不同的女人推来推去,还没适应二号母亲,三号母亲就来了。可玛琳,第一眼看起来可能有些不可靠,且过于年轻貌美,从脸上花哨的妆容就可判断。但她其实非常热情,又务实,现实主义。神奇的是,她和托尔舅舅同样就职于琐碎的行业。童话行业,母亲如是形容。在那里,梦想和疯癫是一事两面。

"啊,她会习惯我的。"玛琳对着琳达躲在下面的羽绒被说。接着,她环顾四周,想了解一下在这里度日会是怎样一种感觉。"我有三个弟弟妹妹,我习惯小孩子。"

"我们也不会留她很久的。"玛琳猛灌三杯咖啡回家后,母亲兴奋地说,提到她虽年轻,但性格讨喜。"但愿她能坚持到三月……唉,如果我们非常、非常幸运的话……"

她就这样一直说下去。因为好运之后,肯定是厄运呀,等等,等等。

　　就这样，柏林墙、电视机，更重要的是尤里·加加林的这一年，结束了。这一年曾和其他所有年份一样开始。然而，因为装潢热和贫困这样平淡的组合，母亲从一个离异的寡妇变成了房东和两个孩子的单亲母亲，我则从独生子变成了双层床里的两个孩子之一。更别说这一切对琳达意味着什么了。尽管我们现在还意识不到这些。如果可以说出真相，我们很大程度上并不十分了解我们周遭发生的一切。就像母亲爱说的，幸运的是，生活也总是这样破碎地来到我们身边。

8

一场雪开始了新的一年。成堆的雪。阳台、屋顶、田野、街道上都是。汽车沿着特拉福韦恩急速而来时,滑雪坡道、长橇斜坡和孩子便依附着缓冲路障。这些车开到林恩的店就不得不在埃克尔伦德维恩躲避。当永恒的沉寂落在这片村落,这片本该完全相反,完全为喧嚣和吵闹设计的村落,雪岸升起,特隆赫姆斯维恩的车从视线中消失,在白色的雪原上,可见的只有黄色的斯克伊恩公交车顶。那车顶就像无声的飞毯在撒哈拉空地上方滑行。这便是变成城镇的村落。森林和宽敞的空地,人们或许会称之为海洋,已将自己交付给城市化的实验。

如今,我们已完全没有必要将自己局限在我们所在街区外的长橇雪坡了。我们必须穿过街道,去探索哈根。那是一处植被蔓生的田垄,古老的橡树、果树、茶蔗子灌木丛生长其上。还有一座白色的小屋,只有一扇亮着的窗。我们曾经称呼为露比的老妇人坐在那里。她也属于永恒的一部分,就像雪和马。倘若你在深夜时分偷偷摸摸出现在那里,你便会听见在暗黑的房子深处,一阵宇宙的噪声响起,将住在这片的所有人都吓到不行。

我现在不得不离家远去，离开我们住的街区和那段小斜坡，也许尤其要远离琳达。她竟已成功驯服安妮－贝丽特，那爱待在家的家伙。她在一月最开始那几周外出上街的时间，比她之前一整年加起来的还要多。她也决意要担当起保护琳达的羽翼。真是个严苛又爱算计的女人啊，安妮－贝丽特。

"不，不，不，不是那样，琳达。看我。"

琳达为了服从命令，确实做了些勇敢的举动，得到的回报却是摇头和大笑。不过也有些同情的余烬，毕竟她是个小洋娃娃，容易取悦，也不会乱哭。对于安妮－贝丽特这样厌烦了自己妹妹们的人来说，琳达是个完美的宠物。安妮－贝丽特会带琳达去网球场。这里原先洒了些水，如今便充作溜冰场。琳达在此学会了穿着有皮革鞋帮的靴子四处跺着脚走，学会坐在雪堆上，把手套上的落雪吃掉。同时，她还是安妮－贝丽特在牛奶蓝的冰面上做皮鲁埃特旋转表演的观众。安妮－贝丽特边转，还边唱阿妮塔·林德布卢姆瑞典语版的《你可以拥有他》。那年冬天，所有人都在唱《你可以拥有他》。收音机、电视机里都在放，我甚至在公交车和赛马场都听到过。大多数时候，我是听到玛琳在唱。她不哼这首歌，就没法削完一个土豆。

我就能溜走了。

爬上哈根，和大男孩一起。

我的运动能力从来一般，但我可以很勇敢，而且像我这样从不屈服的人，无论眼前发生了什么，都能轻易获得所需剂量的虚假尊重，尤其当他还能无视朝他掷来的嘲讽。

如今还有些废柴为了报复，自找麻烦，直到自己越陷越深，情势完全失去控制。我就有这样一个朋友，弗雷迪一号。他又高又壮，脾气暴躁，在学校平淡无奇，到了街上也没什么特别的。他也并不能言善辩，而且不知为何，他穿的衣服也总有些不对劲。正因如此，他才显得特别，并拥有了个性，也让他拥有了弗雷迪一号的名字，位列埋没于人群中的弗雷迪二号和弗雷迪三号之前。没错，正是因为他高大强壮却又有些愚钝，正是这个太多那个又太少的灾难性组合碰巧发生在同一个人身上，让他拥有了弗雷迪一号的声名。

　　等这帮人对倒八字爬上哈根、滑下坡、再爬上去感到厌烦时，他们便开始捉弄弗雷迪一号，搞他的滑雪板、帽子，取笑他的站姿。他用粗俗的脏话予以回击，或是砸雪球，可都没能击中对象。等到他们用雪球回击，弗雷迪一号便扯下滑雪板，朝四下乱挥。那群流氓笑得更欢了。由于他从没真正打到谁，只是四处乱转，吐口水，尖叫，用蠢笨的博纳滑雪板自卫，最后，他打了个嗝摔倒在地。接着，喊叫声结束了。弗雷迪一号躺在了地上，万岁。那伙人慢慢地越围越近，想看看他死没死。可弗雷迪一号并没有死。他等的正是这一刻，他光荣的时刻。

　　"你死了吗，一号？"

　　用上剩下的所有能量，他一拳打到年纪最小的一个孩子的靴子上，把那可怜的小恶魔掀翻在地。他骑到那小孩身上，用冰冷的手套搽他的脸，直到受害人的鼻子里流出鲜血，或是直到一个大孩子抓住他的围巾，让他做出艰难抉择：是要停下还是被勒死。通常结局会是后一个。弗雷迪一号已经不属于这个世界，而存在于他自己的世界里，位于暴怒、鼻涕和眼泪的领域。没有任何东西可以摧毁弗雷迪一号。他忍受住惩罚，从不长记性。这是特拉福韦恩最顽固的存在。为了纪念他，人们甚至应该竖起雕塑，用铁铸就。

正是在这样一个激动人心的夜晚，正当我把自己从哈根顶上抛下，迎着击打我所有感官的风雪急速滑下来的时候，我竟脸朝下落地了。这里正是哈根与住房区相连的地方。我这副狼狈样，居然被克里斯蒂安逮个正着。我们的房客戴着帽子，身着大衣，目睹了我摔倒。他从住房区一路走来，就是想看看这些小家伙在夜晚的昏暗中，究竟想干些什么。

那天晚些时候，关于我滑雪技能的话题，便在厨房餐桌前被提起了。我的滑雪技术绝非完美，问题是下周日我想不想和克里斯蒂安来一场越野远行：坐火车去穆湖[1]，再滑回家，途经利略马卡，也会经过诸如西诺贝、瑟斯卡恩和利略希特这样的传奇餐馆。对于有父亲的孩子来说，这样的旅程习以为常。

我犹豫了，完全不是因为母亲回复他的邀请时那鼓励的语气令我困惑。圣诞假期后，克里斯蒂安回来时，母亲曾质问过他，他给她的圣诞礼物，那珠宝究竟是什么意思。对于这样的攻击，他尝试用罢工时给我们一盒食物几乎同样的表情予以回击，这次也不大成功。那母亲现在为何一副积极的模样，对这样一个错误地想要承担父亲义务的男人这副模样？

---

[1] 穆湖：奥斯陆北部一片湖，此处森林密布。

"那琳达呢?"我问。

"她还太小。"

"真的那么远吗?"

"完全不会。"

最后,我说好的。在我小的时候,我说了太多次好的。直到后来,我才学会说不,倒不是说"不"真有什么用。不知为何,我们必须在破晓时就动身。七点半。穿着滑雪板。身着白色厚夹克和过时得有些古怪的灯笼裤,克里斯蒂安看起来有些陌生,而且在冰冷的天晨光初露时,他异常寡言。在洛夫苏斯维恩,砂砾路和冰面间或出现。所以哪怕一路都是下坡,等我们在七点三刻到达格雷福森火车站时,我也已经精疲力尽。火车上人满为患,且很安静,年龄各异的男子打着瞌睡。只有男人,仿佛这是一群臣服于国家肃穆仪表下的奴隶,一队正要上前线的士兵。而我们不得不站着,所以我根本没有机会恢复体力。但我们还是顶着刺骨的严寒出发了,而且有些不错的小道,穆湖的冰面平坦好滑。然而,之后噩梦便开始了:上坡。

"换个角度看,等我们爬到顶之后,就可以一路顺畅地滑行了。"处于最低谷的克里斯蒂安喘着气说。

事实是,我们从未到达顶端。那简直等同于登月。当我们最终转到西诺贝前方的空地时,我只是自己颤抖的阴影。西诺贝是我们见到的第一家餐馆,在冬日水晶般清亮的景致里,这是一处奇妙的存在。可不知为何,我们不会进去。我无法相信自己的耳朵。我们继续前行。去瑟斯卡恩。我们也成功抵达了,差点就失败,然而,此时的我已疲倦到极点,连克里斯蒂安请我吃的黑加仑热酒和华夫饼，我都吞咽困难。嘴里还嚼着食物，我就睡着了。当他摇晃我，我清醒过来，问他我们可否在这里过夜。

"哈哈，"他道，转身对女服务生说，"这个小子在问我们能不能在此留宿。"

"嗯，挺好的呀。"那位女士说。

我很不幸地遇到了我的一个小伙伴，罗格。他滑雪超强。不过，命运就是这样，他的哥哥们也在，所以，我们坐着的时候几乎都红着脸，由于疲惫而无话可说。我们在闪亮的老旧木长椅上并肩而坐。拥塞的屋内充溢着湿衣服、流汗的男人、背包、树皮、浆果、云杉以及挪威所有的室外气味，这味道总让我联想到贫困与父亲。命运就是这样，罗格在我眼前被拽走了。

可是，当我们用这些华夫饼和热酒填饱肚子后，我们并不能留在此地。无论我如何乞求，我们也不能占用这样总有源源不断人流的空间。总有一群又一群的人哀号着破门而入，大声说话，大摇大摆，脚下是滑雪靴、蒸汽、汗水、冰雪和难以形容的厚重云团混合而成的呼吸从他们的口中喷出，就像贪婪的鲨鱼穿越冰冻的现实游了数公里才到了这里，在这太过拥挤、仿若高压锅的原始小屋里，在这挪威冬日的巨大怪兽里，释放出所有的恶臭。这间小屋就像一只永不沉睡的熊，只会挥舞、抓刨，独自或与他人一起，制造着地狱般的喧嚣。这样，它才能不至于受冻而死。这一切，我都错过了，因为我没有父亲。

总之，我们别无他法，只能出发，坚持下去，不松懈，再上一层蜡就是了。然而，问题不是能否抓牢，也并非滑行本身，而是我的身体状态。在燃木火炉的无情炙烤后，我全身僵硬，以至在前往利略希特的一路上，我都在反刍华夫饼和黑加仑热酒。在这一公里又一公里的路上，克里斯蒂安不得不施舍一些同情和鄙夷给我，好让我坚持下去。可是，等我们到达利略希特，我们这苦难之旅的最后一站时，我们显然还是不能在此停留。我的体温确是上升到正常水平了，我也吃了点食物。

不仅如此，克里斯蒂安在滑下通往布莱斯约恩湖的坡道时，摔了好几次，而且还都挺严重的。我也摔倒了，但他是直线下坠，摔得比我彻底，用时也更长。有人也许会说，这肯定和年龄、和个人哲学有关。克里斯蒂安不是会摔倒的那类人，更可能的情况是，他自己会决定何时摔倒。在这里，自然之力战胜了他。然而，过了很久，当我们终于登上奥罗拉森之顶，颤抖着倚靠在滑雪杆上，眯眼向下眺望来复枪俱乐部和奥斯特赫姆时，至少他不再傻笑了。不仅如此。他那张现代的脸上露出一种全新的表情，尽管他努力挤出了一个咧嘴笑，说他有件事想和我聊聊：在我看来，我的母亲会介意他邀请客人去他房间吗？

这个问题对我而言不大寻常。一阵支支吾吾之后，我才明白这件事关乎到一位女士。在我看来，她会得到许可，待上几天吗？

我回答，不大可能。

"我也这么想。"他说，眼睛凝视着奥斯陆所处的低坳处。"她到底想要什么呢？"他喃喃自语。

一个做儿子的无法回答这样的问题，我甚至无法确定他指的是不是母亲，但之后他道："还有，那个小姑娘是怎么了，她是……智障吗？"

我听到擂鼓声郑重地响起，彩虹在我的视线中弯绕。我猛吸一口气，抓紧滑雪杆，出发，经过来复枪俱乐部、滑下奥斯特赫姆斯维恩的一路上，我都尽量脚不离地。不过，他自然又追上了我，绊倒我，让我飞进积雪中。

　　"上帝啊，芬恩，你真是一无所知！"

　　房客变成了一只野兽。我只能闭上双眼，坚强起来。

　　"都回来啦。"我们最终摇摇晃晃地进了公寓时，母亲说。

　　可是，对于这场滑雪之旅，我并没有什么可说的，我很热，不想说话。而且在我耐心耗尽的时刻，我还得脱掉靴子，以一种无言的方式，甚至是用身体尝试闭口不言，消失进自己的房间。也许我甚至在使自己相信，我并没有听到那个可怕的词。不过，琳达在下层床上，趴着身子画一匹马。这动物也只有母亲和我可以辨识，而如果你这辈子没法画出一匹马，你就完蛋了。你会像一块铅一样沉没。而现在的情况是，她在我圣诞节送给她的画板上，一张又一张地画着他人无法辨认的马，因为她喜欢马。它们看起来像蚂蚁，像大象，像上帝才知道的东西。她笑笑，说：

　　"冷吗？"

　　我咆哮：

　　"你他妈的就不能画好点吗！"

　　然而，她还没来得及撇撇嘴，颤抖着抽泣，母亲已经到了，尖叫着："你到底是怎么了，芬恩？！"而那个可怕的词，我还没有忘记。

"他叫她智障!"我低吼。此时,我在母亲死一般苍白的脸后,看到了困惑的克里斯蒂安。

"什么?"母亲道,声音几乎不可闻。接着,沉寂。

"这孩子在胡说,"克里斯蒂安咆哮,猩红色脸庞的滑雪者和白痴,"别听他的。"

可是,母亲就是有这种本事让周遭静止。而由于琳达是我们当中唯一正常的人,她只是翻过一页,继续用蜡笔涂画着。我和克里斯蒂安则立正站好,心怀恐惧,颤抖着听母亲温柔的言语。

"你叫她什么?"

克里斯蒂安高举双臂,又放下,想学托尔舅舅,轻声地理论起来。我想他也是考虑到琳达也在场:

"可你肯定也看得出来,这个孩子需要帮助。她不会说话,对吧?"

"你叫她什么?"

他完蛋了。克里斯蒂安用一只手摸摸额头,做了一件我从未打起精神来做的事。他道歉了,而且他看起来是认真的。

"对不起。这不可饶恕。可是……不,毫无借口可寻,我明白。"

他调转身子,就像他是个满心愧疚、全身每个细胞都在忏悔的人,进他的房间去了。母亲则像个铁弹簧被留在原地,哑口无言,样态陌生,直到我握住她的手,甩了甩,又拉了一下。

"不可饶恕?"我听到从远方而来的声音。

我不知道这个词是什么意思。而她又回过神来了。"那个男的不能再待在这里了!"

我点点头，饶有兴致。"而且琳达想画什么样的马，她就可以画，芬恩，我警告你！"

"是，没错，可……"

"可什么？"

"我得教她……教她些什么。"

如今，母亲也丧失了耐心。她砰的一声坐到琳达旁边的床上，双手放在大腿上，慢慢点头，嘟囔着，嗯，嗯，然后又看着我，仿佛是第一次见到我，或是第一次看到我这样，脸颊暗红，精疲力竭。

"滑雪怎么样？"她问。

"我饿了。"我说。

"稍微躺一下吧，"她说，"我去准备晚饭。"

我躺下了。但并不是稍微躺了躺。一直到第二天破晓，我才醒过来。

9

　　我冷得直发抖，且呼吸异常困难，我的胸腔内也疼痛难当。我站不起来。胳膊和腿仿佛被灌满了铅。我只能以微弱的声音大叫，直到母亲在清晨的黑暗里醒来。

　　"我冷。"

　　"你盖了被子。"她睡眼惺忪地呢喃。

　　"我……我起不来。"

　　"你要起来干吗？又不是……"

　　"我要小便。"

　　"那就去啊。"

　　"我起不来。我告诉你了啊。"

　　"什么叫起不来？快起来！"

　　"不跳了。"我说着指着我认为心脏所在的位置。我又在搞什么鬼，当母亲把手搭在我身上，我蜷曲着大叫失声时，母亲疑惑着。你瞧，我们家的人是不会生病的。疾病会被予以最高程度的怀疑，这是母亲从她自己家里带来的习惯。她们家所有人总会时不时地需要"躺一下"。事实上，就连比亚内舅舅自己偶尔也会认输，"去治疗"，这是奥斯卡舅舅在信里跟我们说的，但对于这个消息，母亲嗤之以鼻。不过，这类事情在圣诞节的家庭聚会上，是从不会提起的。其实问一句"对了，比亚内，你的病治得怎么样了"，是再自然不过的事。

只字不提。

母亲严厉地瞪了我一眼。

"那不是你的心脏，我的小伙子，那是你的肺。"

嘟嘟囔囔念着"该死的房客""该死的越野滑雪"，不断重复那个男人在这儿完蛋了之后，她递给我一根体温计，让我先放在腋下，再放进嘴里。但体温计显示的只是三十七度，可我还是难受。

"我呼吸不了。"我说。母亲让我等一下。她换好衣服，到街对面奥马尔汉森的电话亭去给医生打电话。医生来之前，我已经被转移到下面琳达的床上，而琳达则趴在母亲的床上，看医生检查我。

来的是勒格医生，他让我不管多疼，先坐起来。接着，他用一个指节和几根冰凉而坚硬的指尖敲击我的胸骨和后背，用听诊器听，再用白眉下的眼睛凝视我。之后，他拿下听诊器，疑惑地看着母亲。

"他可能有两三根肋骨裂了。摔倒了？"

"肋骨？"

"是的，也可能是骨折。拍X光就知道了。"

"你昨天摔倒了吗，芬恩？"

当然，我显然摔了，我一直在摔跤。

"但我没有伤害自己。"

"你别告诉我你去了次越野滑雪就摔断了两根肋骨，你说清楚！"

勒格医生又饶有趣味地看着我。他肯定在五十五岁上下，戴双光眼镜。他从镜片的边缘上方盯着我。

"路途挺长的吧，对吗？"他笑着问我。

"是啊，是蛮长的。"

"这是我听过最愚蠢的事情了，"母亲依旧坚称，"他打你了吗？"

"谁？"

"克里斯蒂安啊，只有他。快，说实话！"

"没有啊……"

"你们俩说的是谁？"勒格医生插进来。

"没什么。"母亲说着，双臂紧抱，咬着嘴唇。之后，她开始盯着琳达。琳达正把脸压在一只手上。母亲仿佛已经到了忍耐的极限。我突然想到，又要发生我无法理解且无法忍受的事了。我希望母亲崩溃，这样我们就能让此事翻篇。但她只是站在那里。而勒格医生则坐着，眉毛茂盛如灌木，粗糙的镜片不仅将他的毛孔放大成深穴，也暴露了他的一脸疑惑。母亲突然下了狠心，道：

"好了，我得赶紧走了。我们必须……"

"但这个孩子要去照 X 光啊。"

"玛琳会负责的，"母亲不带任何情绪地说，"我必须去上班了。起来，琳达，穿上衣服。你饿吗，芬恩？"

"给我片涂了山羊奶酪的面包就行……"

勒格医生将我们一个个看过去，意识到这次与其说是医生上门看病，不如说是看戏来了，而且此地不宜久留。

"我要给您多少钱，这次……看诊?"母亲问。

母亲去厨房的时候，他把听诊器塞到包里，捞起大衣，搁在大腿上坐着，看琳达在床上和艾米莉玩。他笑了，摸摸琳达的脸颊，问她叫什么名字。她没有回答，只是伸出艾米莉。此时，艾米莉的手术已经结束，松松垮垮的腿重新缝上了，脸上也有了双闪亮的新纽扣眼睛。

门铃响的时候，我正接过一片面包和一杯牛奶。这时，玛琳走了进来，脸颊跟红苹果似的，一层闪烁的细雪覆在她喷了发胶的头发上，她从不会用帽子遮挡。玛琳很快就成为母亲的闺蜜。我想，此时的她正在听母亲轻声地解释事情经过。我听到门廊里传来又一声尖利的感叹，就像消音器干闷的爆响，接着便是母亲的"我再也受不了了，所以如果你不介意的话"。

没多久，她喊了医生。此时，他还没有穿上大衣。

"医生，您还没有回答我的问题。"

"不用担心。"他平静地说，起身，递上一支笔和夹着一叠白纸及一张蓝黑色复写纸的小硬板。他离开房间时，纸在翻动，如同干燥的树叶。虽然冬已至，天气仍是秋，我如是想着，咀嚼着，却无法吞咽任何食物。我知我也无法喝下牛奶，我这个牛奶爱好者。前门在母亲身后发出一阵巨响，我瞥见母亲床头柜上的闹钟显示的是十点，我知道玛琳今天定是迟到了。不然就是母亲睡过了。而且我要生病了。

不过，玛琳走进了我的卧室，她很温柔，身上仍旧披着冬日的寒凉。她坐在我的床边，问我怎么样了，抚弄着我的头发，开着玩笑，咬了一口我的面包，说出我已经知晓的话：我们得动身了，去拍X光，到镇上去，没问题吧，对吗，和琳达一起？

是的，没问题。

我起身。她帮我们俩穿上衣服。一天中的此刻，屋宇如同覆盖在巨大医院之上的一张床单。医院里，所有的孩子一动不动地躺着，张着嘴无声地笑着。我几乎无法行走，也难以呼吸。我感觉晕眩，恶心，因寒冷而发抖。这股凉气定是我从森林里带回来的。

不过有玛琳帮我。她确保我像个老人一样被让位，尽管坐着和站着一样痛苦，而且路程很长。这条路我其实走过多次，以前我都是这样去鞋店看母亲，但现在，它变了。我们经过的这个街区，我从未见过。尽管如此，我们也在熟悉的加塞克下了车。加塞克是个庞然大物般的存在，外部是绵长黑暗的肠道，咆哮着，烧灼着，发出嘶嘶声，仿若一场世界大战。

穿过街道，进入伤亡部。

我用尽全力集中精神，看着玛琳。她从不会为任何人低下目光。她去过文法学校[1]，为人坦白直率。她报上我和勒格医生的姓名，然后，好的，谢谢，我们会等。请在那边坐一下，好吗？接着，她又出去了，在小亭子前排队，透过窗户朝我们挥手，买来两根棒棒糖，一根绿色，一根橘色。我和琳达轮流舔，因为我们都更喜欢橘色的。我们用玛琳坚硬的金色腕表给彼此记时，玛琳称之为华丽的垃圾，哈哈。

---

[1] 文法学校：原指建立于十六世纪前后注重拉丁语的学校，这些学校后来成为教授语言、历史、科学等的中学。

"但它是一个王子给我的！"

她甚至随身带了本书，像说悄悄话似的念给琳达听。只要琳达在她讲到一半的时候打断她，她就要不断重读那一篇。而我现在感觉自己的肌肉不再那么紧绷了，慢慢可以放松四肢，躺着坐了。可当有人喊我的名字时，我吓了一跳。别人帮我站起来时，我不得不挤出一个怪笑，接着被带入一间寂静的雪白房间，被安排坐在一张巨大坚硬的铁椅子上，躺在一张长凳上，步入一间黄白小屋。在那里，我得先屏住呼吸，再呼出。周围环绕的只有微笑的人。他们接着用粗糙野蛮的手将我裹进一条白色大绷带。这绷带能让我挺直身体，不会吸进一丝多余的空气。之后，他们再把绷带卸下，留下坚硬如扑克的我，被玛琳拥抱。而玛琳又卷入一场与接待员的坦诚对话。她朝我们弯下腰，做出隐秘搞怪的脸，仿佛她刚骗了个家伙。当她将我们推入冬日的严寒中，她悄声道，我们要搭一辆该死的出租车，是她为我们安排的！

搭出租车回家。

琳达和我坐在后座。玛琳和司机坐在前排，抽带过滤嘴的香烟聊天，仿佛两人是毕生之交。玛琳和所有人的对话都是如此。玛琳生来善于用她的语言、她的美貌和她的红唇微笑修补生活中所有不如意和诡异的事。她靠着一张嘴，让司机把我们直接开到大门口。小伙子身体不舒服，你也看到了。这件事还造成了轰动，因为刚放学，我们搭乘的伏尔加几乎类似于救护车。安妮－贝丽特问琳达怎么回事，尽管我并没听见琳达有没有回答她。但玛琳签了一张小纸条，和司机说再见时，我又做了几个鬼脸，非常拘谨。玛琳带我们穿过一群孩子，进了门，上台阶。

妈妈已经下班到家了，与她离开我们时的心境颇为不同。她温柔，活力四射，桌上放着食物，有炸肉饼和奶油白菜。她想确切地知道我们这一天都做了些什么。最重要的是，她想知道我怎么样了。

嗯，没有那么糟，我吃起饭来，比以往都要猛。不过之后我必须再躺一下，这次是在琳达的床上，下铺。

"琳达可以和我睡。"母亲说着去捏琳达的脸颊。琳达上过一次我的床，闹得一塌糊涂，恐高引起的，母亲猜测。

我在那儿躺了一整个礼拜。

这可能有些夸张了，因为几根肋骨在床上躺七天，但我一直都在阅读，书和漫画。琳达通过坐在母亲床上不动来取悦我。她看向我的方向，以防我需要些什么，比如百科全书第四卷，一杯放着起泡饮料粉的水。我用写有数字的小纸片支付给她，我称之为钞票。她用小鞋盒子收集起来。我逼她把数字加起来，作为某种资产负债表，但未能成功。不过，她至少愿意把纸片按大小堆放起来。

我也有一些访客，首先是安妮-贝丽特。她发现我的绷带不是石膏夹后有些失望。接着是弗雷迪一号，他的母亲让他拿着两块福克斯巧克力过来。他在床边乱转，显得难堪，不知坐在哪儿，直到我在床上给他让出一块地方。我们吃了巧克力，玩蛇爬梯子，玩鲁多[1]，还有一个叫"小猪"的游戏。琳达在一边看。

---

1 鲁多：一种用骰子和筹码在特制板上玩的游戏。

"她不玩吗?"弗雷迪一号问。

"不玩。"

"为什么不玩?"

"她不喜欢玩游戏。"

"不喜欢?"弗雷迪一号颇为困惑,茫然一笑,透过他的长刘海瞥了她一眼。弗雷迪一号的头发总比别人长,唯一的例外是,当他刚剪完头发时。那时,他的头发就比其他所有人都短,看起来总像他是用手榴弹梳头发的。"你不会玩'小猪'吗?"

琳达没有回答。她在把钱堆成堆。

"我可以教你。"弗雷迪一号说。

"不用。"我大声说,他看起来有些沮丧。"好吧,那就试一把。"

弗雷迪一号解释着,但琳达看向别处。

"看你能不能把它们抛出去,"他建议道,"就像这样!"于是,他开始把卡片扔得房间里到处都是。琳达觉得挺有意思,她甚至笑出了声。那笑声仿佛一个成真的心愿,我不懂那心愿是她的,还是我的。

但弗雷迪一号不知为何,并不想脱掉大衣。等他终于离开,我猜是因为他开始热得不行了,母亲说:

"他怎么了?"

"什么意思?"

"他块头有你两个大。"

周六下午,客厅传来一阵喧嚣。我去看看是怎么回事,发现克里斯蒂安和母亲在激烈交流。他们一看到我，便停了下来。

"我只是想把这个给你，芬恩，"克里斯蒂安语气温和，举着他的国际象棋棋盘，"作为离别礼物。"

"你无权给他任何东西。"母亲说。

我匆忙逃开，尽管我非常想要那副象棋。可是周一早上我去上学时，看到他的帽子和大衣仍旧挂在走廊里。下午，我问母亲怎么会这样，却只得到几句类似于回答的咕哝，说直到房客找到别处安身，我们先宽限他一段时间。

我本想多问些问题，至少说一句："啊?"但这件事已不像以往那样容易。十点已过，我仍旧如雾一般模糊地记得那天早上，起床时发现三根肋骨断裂，母亲尽管一点就该下班，她还是去上班了。也许事情并没有很奇怪，或者说事情本就非常奇怪。不仅如此，我们从急诊室回来，她也回到家了。也许这也没有什么奇怪的，至少这并不值得任何询问与深究，事情本就如此。我们之间的距离因琳达的到来而疏远了。我本以为我们之间的隔阂已经弥合，但实际上我们愈发疏远了。

之后的几个星期，我经常出门。放学回到家后，我把包扔在走廊，就又出去了，甚至假装没有听到玛琳叫我：我要不要吃点什么垫垫？这类事并非由你选择。有些决定是自己形成的，你可以让自己听从决定，因为有些新的事情发生了——比如春天到了。对琳达而言，新的事物是一根跳绳和天堂。她之前从未见过这些，一切都得从头学起。但她依旧比通常的初学者要慢。没过几周，我对这个小可怜的兴趣就开始衰减了。

而且我不得不转移注意力。准确地说，也不是。我在哈根上有一处观察点，可以将整个小区一览无遗。在那儿，我也能看到琳达独自坐在我们家大门前的楼梯上。我在面朝特隆赫姆斯维恩的斜坡上也有一处观察点。我在那儿也能看到她独自一人。尽管我不表现出来，也让自己被一群杂七杂八的小孩子吞没，这些孩子总是如波浪般突然行动，前去探索更多崭新的冒险，但我总是能看见她。这点让我恼怒，因为在我看来，她好像偏偏坐在那个地方，唯一的目的就是让我看向她。我下去问她：

"你为什么要坐在这里？"

她不明白这个问题是什么意思，但她见到我很高兴，站起身，甚至都没握住我的手，而只是站在那儿踢踏着脚，等我握住她的手，去做一些有趣的事。通常在没人看着我们的时候，我会这么做。

"别这么坐着。"我说。

"？"

"我的意思是，别这么低着头。坐直一点。"

我坐给她看，她便挺直了身子。我点点头，但我也不是完全满意，因为我身体里的某种东西告诉我，她之所以一个人坐在这里，并不只是因为其他人都是笨蛋，而是她身上的某种东西，可我不知道那是什么。

我带她和我去玩抛硬币的游戏，用无形之手将她推入旁观的人群中。不然，我会给她展示扔刀游戏，这也会招来一群围观者。她可以用街上的烂泥筑大坝，原则上这只会涉及参与者本人。不过，这些好像都不对琳达的胃口，尽管她喜好重复。

她也有了目睹弗雷迪一号再一次崩溃的机会。这次是因为他的新单车。车不新，是黑色的旧车，他父亲从斯托罗卖废品的阿道夫·雅尔手上用十五克朗买来的，已经磨损得如同一根木腿了。他的表现是如此富有戏剧性，琳达都抓着我的手，想把我拉开了。我几乎要将自己挣脱开，也不知别人是如何甩开黏人的弟弟妹妹的，我却不得其法。这种技能是隐形的，我甚至都看不到有谁黏人，就好像无论是谁，伟大或渺小，都会知道该如何对待亲人和朋友似的。那母亲呢？

晚饭时，她说：

"嗯，那今天怎么样？"

"很好。"琳达笑着说，母亲也没有问她和谁玩了，或者是她玩了什么。她只是看起来松了一口气，庆幸没有发生什么可怕的事。

玛琳开始让琳达做些跑腿的活儿，一直到林恩的店，买点土豆和面包，这样等母亲下班回来，就有的吃了。这通常是我的活。但这小段旅程也在我的眼前经过。我从哈根看到琳达走进商店，很久都不见她出来。然后，她空着手出现，我就不得不走过去，问她发生什么事了。这时，只有一张写有玛琳笔迹的字条直伸到我面前。我再次把琳达带进店里，向她解释，我们不是要她躲在架子后面，而是要像钉子钉在地板上那样站在柜台前。无论是女人还是孩子来，她都不能移动分毫，直到林恩夫人看到她。这时，她就应该把字条敏捷地递上去，就像这样。

两天后，她又空着手出来了。

"这次又怎么了？"我问，因为自己在做的事再次被打断而气不平。我再次看到了玛琳的清单，终于明白问题可能出在辨认不清的字迹。是要一块面包还是两块？

"你得开口说话，"我说，"过来。"

我们回去了。我向琳达展示了我的技能。我发现自己在吼叫，尽管发现时已太迟。

"一块面包！全麦的！"

"我的天哪，芬恩。"林恩夫人道，翻了个白眼。人群中的我脸红了，拿了面包，拽着琳达出来。

"现在你拿着这个回家——你一个人。"我语气严厉，依旧脸色绯红到发根。但她不愿意。她站在那儿，双臂抱着面包，仿佛害怕面包会逃走。

"快点。我看着你走，走到八号为止。"

左右忸怩了半天，她终于走了，几乎是向后退地沿着特拉福韦恩走下去，但就是不过转角，完全不。她正好停在她的世界与我的世界交界处，开始四处游荡，抬头看我，直到我无能为力，只好再跟着她，和她一起走回家。到家后，我们发现玛琳正在听着收音机哼小调，手上在把一大堆看上去几乎一样的小袜子凑成对。我对她道：

"你他妈的就不能好好写字吗！"

"你在说什么？"

"这个！"

我把字条给她看，解释着，但玛琳不是那种会被古老的潦草笔迹打乱阵脚的人，就连她自己写的都不行。

"你为什么不叫林恩夫人去学认字？"她道，"瞧你神气的。"

我闭上双眼，想象眼前有一片空寂的平原，上面只有一棵微型苹果树。接着，我睁开眼睛，对仍旧紧抓着如今已几乎扁平的全麦面包的琳达说：

"明天我不会让你带纸条去，你必须用嘴巴说你要什么，明白了吗？！"

毕竟，这是年迈的独眼露比从哈根的宅院消失的那年春天。她窗户里的最后一抹光线也熄灭了。这样我们这些孩子就能扯下残余的栅栏，爬上树，烧掉柴火堆，发动最后一轮破坏性攻击，砸碎玻璃，踢破大门，闯入屋内，偷走那里没有的一切，因为这屋子已空洞如天空，一小时内即被两辆推土车夷为平地。

这里即将建起一间新的托儿所，一个含理发店、伊尔玛超市、照相馆、鱼贩摊和鞋店的购物中心，因为卫星城正在吞噬一切，甚至侵入自身的中心。成片的公寓在住宅区尽头涌现，汽车、孩子、道路和噪声云起。这样下去，我们只有一条路可走，直通地狱，如我们的房客克里斯蒂安所言。他终究还是不搬走了，我们得知。他甘愿用冬大衣换春大衣，沿着新捷径往来走动。至今，他已这样走了近六个月。他的临时寄居处会变成永久留身地吗？

还有一件事：母亲不愿带我去医院的那天，是九点还是十一点？

从老露比家里搬出来的最后一样家具，是一台众人景仰的老钢琴。里面藏着一样宝藏。声音。多年来，在秋日的晦明时分，我们手持电筒，穿过耸入云霄的橡树林，包围着亮光处时，就会在小径上停下来——因为声音。特拉福韦恩没人有钢琴。但这里有，在我们当中的这间老宅子里有。如今，这钢琴被身着白色工作服的四位健壮男士抬了出来。那四人同龄，同身高，同发色，都戴着同样厚镜片的黑框眼镜，都留着灰色的短胡须，于是，他们看来不仅像一个军队里的士兵，还像一家里的四胞胎——他们抬着这发亮的黑色奇迹，步伐完美而又静默地统一。我们则异乎寻常地静立围观。我第一次明白这些年我们听到的是什么，三十、四十、五十、六十个孩子……年龄不一。最后，那些年一共有一百八十三个孩子听到过这音乐，却不知音乐来自何处，直到音乐停息。此刻，我们站在那儿，对着被抬进坟墓的棺材，致以我们最后的敬意。

"你们并没有多少人在场，是吧?"母亲说。

"不，有的，"我说，"我数过，所以我记得。"

"别再这么对我，芬恩，求你了。"

"那你去问琳达好了。"

"别，我说了! 别这样!"

她用一只手遮住双眼。我摔断了三根肋骨的那天早上，她也曾这样。我也终于明白，她这么做究竟是什么意思：她再也受不了的人，是我。她不想再听我说不得不说的话，她无法容忍的是我。不是手头紧，不是一场突如其来的死亡，不是一个逝去的恋人，也不是一个恼人的房客，或是被静静地裹藏在她自身永恒之中的琳达。不，是我。而我也明白了，那晚我说到一百八十三个孩子并非自愿地排成一列，对着钢琴沮丧送别时，母亲为何无法听下去。因为我说的话象征的不是童年，而是正在生发的衰朽。

"对了，是平台式钢琴还是立式钢琴?"母亲愠怒地问。

"没什么区别。"说完，我走了，永远地走了。

10

接着，一封信来了。收信人被划掉，我们的名字用铅笔写成了细长状。信来自萨根恩一家诊疗所。学校有护士之前，我自己都是去那儿检查身体的。如今轮到了琳达。而母亲有个绝妙的想法，就是把我也带上，去做肋骨检查，她开玩笑地说。她从来没有接受我受伤的事实。越野滑雪时，是不会摔断三根肋骨的，对吧。况且她也认识萨根恩的工作人员。相比勒格医生，她更信任他们。我们之所以请勒格医生来，只是因为他的诊区在这一块。

真相降临的时刻终于到了。一切从阿蒙森护士表示，琳达好像稍许有些不协调，疏远，倦怠……

"倦怠？"母亲说话时，脸上带了一种全新的表情。

阿蒙森夫人点头，显得心事重重。"可她的膝盖怎么样了？"母亲问。

"膝盖？"阿蒙森夫人说。她身材魁梧，年迈，像学校餐厅里的伦夫人一样身穿白色。她把四个孩子带到这个世界，活过两次大战，见识了绝大多数的世界。但她看不出琳达的膝盖有任何出毛病的迹象，和蓝色行李箱里的信上说的不大一样。

"是啊，你要知道，因为膝盖问题，她还要吃药。"母亲坚持道。

"药？"

一时间，母亲不知道该点头还是摇头，便一动不动。

琳达此时正坐在一张类似手术桌上面褶皱的长条纸上。阿蒙森夫人向她弯下腰，帮她脱鞋，卷起紧身裤，用大手抚摸她的膝盖。

"疼吗？"

琳达谨慎地摇摇头。"现在呢？"

还是摇头。阿蒙森夫人将手伸到她的腋下，把她抱下来，让她走到挂着视力表的墙那儿，转身，回来，再走到软墙，再回来。她问她叫什么名字，可琳达没有回复，直到她那求助的表情得到母亲点头同意。

"琳达，没错，真是个可爱的名字。你几岁了？"

再一次，琳达需要母亲点头表示同意。

"六岁。"

"所以你秋天就要上学了？"

琳达点点头。

"她已经会拼写了。"我说。

"你会吗？哎呀，真是个聪明的小姑娘。"

"G。"琳达说。

阿蒙森夫人点头表示赞许，又把她抱上桌，转而凝视母亲。

"你给她吃的是什么药？"

母亲告诉她。"她睡得好吗？"阿蒙森夫人问。

母亲点点头。"觉很多？"阿蒙森夫人问。母亲不得不再次点头，小声嘟囔：

"是的，确实如此。"

阿蒙森夫人脸上闪过一丝严肃的微笑，说在这里等一下，便出去了。母亲把琳达的紧身裤卷下去，帮她穿上鞋。

"我自己可以。"母亲把她的鞋带打成蝴蝶结时，琳达说。

"是的，我明白，亲爱的，但现在我来系吧。"

母亲拉着鞋带，这样两边就一样长了，像圣诞礼物上的蝴蝶结一样。接着，她突然发现自己给了琳达一个拥抱，就在琳达坐在褶皱的纸上时。那种拥抱，仿佛可以跨越整个大西洋。现在我知道了，我那三根肋骨上的谜团，是永远不会解开了。

我站上秤，把秤砣移来移去，然后站到墙上的角铁下量身高。母亲没有阻止我。她只是站在那儿，把鼻子埋进琳达的头发里，一次一次地拥抱她，就好像有人在计划带她逃跑。于是我走上前，打开类似保险箱、腿细长的白色小橱，朝里看。玻璃柜里的瓶瓶罐罐像胖胖的小矮人排成一列。我挑出一个，摇了摇，开始拧瓶盖。后来母亲制止了我，但也只是手一挥，一种非常疲倦、屈从的手势。

于是，我把盖子盖上，关上橱门，拿起挂在窗户边上的指示棒，轻轻地将母亲推到一边，指向给盲人设计的图表上的字母，沿着金字塔往下，一个一个指，让琳达念。我们就这样，等到阿蒙森夫人回来。这次，还有一位我们之前没有见过的年轻男子，但他看起来为人友善，和我们三个都握了手。他让琳达走到地板另一边，再走回来，就像阿蒙森夫人之前那样，之后，他把母亲领进另一间办公室。

"孩子们可以在这里等。"他们离开时，他转过身来说。

我们便等着。

阿蒙森夫人给了我们一本旧的唐老鸭漫画。我大声念出来。接着，她把我们带到等候室，因为别的人得进来了。之后，她回来找我们，说我们可以坐在黑色的小皮沙发上。那其实就是个相当宽敞的扶手椅。她则坐在桌前，抓紧时间处理当日的病历卡，因为现在时间确实已经挺晚了。

母亲回来时，说实话，她的精神也是半游离的。脸上的妆几乎脱落尽了，眼眶干燥红肿。等她用针尖般锐利的钢笔在三张表格上签过字以后，她抓住琳达的手，和那日琳达从公交车上下来，握住她时一般有力。

我们相对无言。直到我们来到外面的人行道上，听高峰期的车流发出的轰隆声，这才意识到刚刚那充满卫生球的病院，是多么安静和凄凉。

"好的，"母亲自言自语，言辞有力，"好的。"

她上下打量着忙碌的街道，仿佛是要计划一条路径。琳达和我则仰头看着她，情绪紧张，发生了什么？

好的，现在我们要去母亲熟识的一个肉贩那儿，买些猪肉和切片肉。之后，我们要去一家面包店。这家店也是她从小就去的，我是从她的说话方式中猜到的。她和柜台后的女士讲话时，声音太大，也太热络了。那位女士给了我们每人一块蛋糕。之后，我们坐上无轨电车，在卡尔伯纳广场换乘汤森哈根公交车，换乘时也正好有时间在普罗格雷斯工厂外的机器上买两袋花生。等我们终于回到家，我们就要吃淋上肉汁的猪肉了。因为在我们家，我们会用食物平息争端，或是把这当作危险终结的标志。

但这次，事件发生的顺序反了过来。

今晚琳达没有药吃。两瓶满满的药被冲下了厕所，而处方则安全地锁在抽屉里。那里还放着母亲和起重机司机的合照，她那婚后的幸福生活。作为证据，她说。这时琳达已经去睡觉了。她还说，我们将要面对的可能是比较艰难的日子。除此之外：

"没有什么比愚蠢更糟糕了，芬恩。而你母亲就太过愚蠢。愚蠢，又聋又瞎。你知道是什么让人变得愚蠢吗？"

"这……不知道。"

"是恐惧。所以你千万不能害怕，我的孩子。而且你必须尽量去上学。你可以向我保证吗？"

是啊，是啊，我也根本没有别的计划，而且我也不觉得母亲羞怯软弱，尽管她怕黑，尽管在琳达进入我们的生活之前，虽然我们过得挺好的，她也从未感到安心自如。那么现在又要发生什么了呢？

"我不知道，"母亲说，"我们必须面对即将发生的一切。"

我们也是这么做的。一切从半夜琳达站在我的床边想要玩开始。接着，她想上厕所，这是在她想吃东西之后发生的。可是她没法坐住，而是跑到客厅去拿些什么。结果，她又忘了自己要的是什么。她"哎呀"一声，又回到厨房。在那儿又发生了些什么，她就又跑回来，在三间房间的公寓（还要除去一间给房客的）狭小空间里奔来跑去。接着，她开始颤抖，碰倒一张椅子，扔出一个玻璃杯，开始四脚朝天地乱挥舞。母亲紧紧摁住她，仿佛虎钳，把她按到床上，不让她动。而这时的我则跑到客厅，坐在电视机后面的地板上，两手按住耳朵，不知自己是生是死。尖叫声此起彼伏，我的皮肤刺痛难耐，酚醛塑料和柚木精油的味道灼烧我的鼻孔。直到客厅硕大的窗户变为灰色，充满日光，就像绘图纸，我便听到母亲大叫，说我最好赶紧去上学。

我去了，空着肚子。

不过今天只有四节课。等我回到家，一切都没有转变。母亲陪琳达在床上。琳达蠕动着身子，扭来扭去，脸色苍白微蓝。整个房子充斥着呕吐物的味道，是琳达干的。她从未哭过，但她现在已经不大正常，就像正在切断岩石的圆锯。但我知道玛琳来过，因为桌上有吃的。等我吃完，还是不清楚我能活下去还是化为青烟时，母亲透过我没有勇气打开的门——我是害怕我将无法忘却眼前的一切——大喊，我可以看电视啊，在客厅睡好了。

可是夜晚不再平静。

第二天早上六点，克里斯蒂安进来了，正纳闷究竟发生了什么，可他只是被赶回了自己的房间。

"你待在里面别出来！"母亲尖声道。她显然力大如牛，抱着琳达在房子里到处转，用我从未听过的奇怪语言安抚她。那些咒语没什么用，所以她得无休止地念下去。

不过她终于睡着了。母亲让我去学校。这次她帮我打包了午饭，给了我一个心不在焉的拥抱，警告我什么都别说，就连埃西也不能说。坚强点，她道，就好像如果我在外面走漏了风声，造成的危害将会是琳达心里受到伤害的两倍。

我要离开的时候，玛琳也来了。她不笨，也从来没笨过。她一整天都和母亲待在一起。母亲那天没去上班。

那晚，琳达先是睡了两个小时，紧接着便是新一轮的大混乱。这时的我正准备上床睡觉。不过，这时的母亲已经勉强睡了一会儿。于是，我再次躺在客厅，两耳塞着棉花团。卧室里战火燃烧的同时，我身体里又有一阵刺痛感。直到玛琳坐在沙发边的椅子上问我怎么样时，我才醒过来。

"你还好吗，芬恩？"

"十点了。"我说，身子一惊，坐了起来，以为发生了什么事。

可是并没有。我满身的唾液和汗水。一切都很平静，稳定而轻盈。地板中央站着医生，正是我们在萨根恩诊疗所讲过话的那位。他身着大衣，没戴帽子，和母亲说了些指责却友好的话。这时的母亲已经化了些妆，看起来是要去上班的样子了。她不能指望一切都亲力亲为，他道，无论那是什么意思。而她的回答是：

"那个孩子哪儿也不去！"

"不是，我理解你的用心，但……"

"她永远不会离开这个家。永远不会！"

医生又说了句不是，把大衣挂在克里斯蒂安的旁边，就好像他也住在这里。他小心地握住母亲的胳膊，把她带到厨房，让她在椅子上坐下，开始检查她的两只胳膊、两只手。上面有一些红得发蓝的半月形印痕，我猜是咬痕。

琳达也坐在厨房的桌子边，吃早饭，喝可可。我进去的时候，她正在吮吸勺子上的可可衣，笑得羞怯。母亲突然爆笑，竟让我想到死亡。我感到玛琳在摸我的头。她把我带到桌边。我似乎被按在盛着四片面包的盘子前。这是典型的玛琳做的面包，涂满黄油，伴随着《你可以拥有他》的乐声切开。我拿起一片，谨慎地咬了一小口。

　　"琳达病了。"琳达说。

　　"我也是。"我说。当我身边的访客停止他手上的事，所有人都看着我时，我颤抖着，咀嚼着。母亲不得不起身，去洗手间洗脸，第二次化妆，再次出来，朝医生和灯光眨眼，问她是否适合去工作，"像这样？"

　　"你这是在问我？"他笑了。

　　"那我应该问谁？"她道。

　　"可以，好吧，如果你非去上班不可。我可以载你一程。"

　　"她不会去上班。"玛琳坚持。母亲突然委顿，半转过身子。可这时，她的头又偏向我，动作蠢笨，还以为我不会发现。医生似乎在众人间注意到了我，朝桌子、盘子和我的食物弯下身，用他那张大嘴问我昨天有没有做作业。我做了。很好，他道。接着他想知道我们班有多少学生……

　　"男女同班？啊，我明白了。有没有漂亮的小姑娘？"

　　"塔尼亚。"琳达说。当我在努力回忆昨天的作业究竟做没做时，医生笑了。做了，没错，我做了。我记得圣歌的诗句，以及我们要从阅读课本里复述的故事。那故事说的是哈尔沃回到家，非常沮丧。我简直倒背如流，但这并不是练习的目的。我们应该运用自己的想象力，用自己的话说。我做了，所以，不管怎么样，我立刻告诉他们在海埃的病马发生了什么——这马在森林里摔倒后就无法再站起来了——而兽医又如何认为这马需要喝水，之后马便振作起来，老马做到了。非常奇怪，所有人一度都在听我说，还笑了，似乎非常感兴趣，母亲也是。我不得不把故事讲完，喝完牛奶，起身去上学。但这时已经快十一点了。

"你今天可以待在家，芬恩。"

"再给我讲一次。"琳达道。

11

阿尔沃中心的街上安静、温暖。正值夏日度假时光，我得教琳达爬树，我感觉。她不再恐高，瘦了些，也高了一点点。我不想夸大其词。当进步发生，人是很容易夸张的。但在我们家里，我们凡事喜欢一步一步来。我们为最坏的打算做准备。如果事情进展还算顺利，我们反倒有些措手不及。比如一整晚待在电视机前，琳达的病都没有复发，母亲称之为琳达过往人生的残留。

但是她变强壮了。当我们在居住街区前晾衣服的横杆上练习时，她不仅可以用两只胳膊吊上八秒，还可以在横杆间摇荡，抓两三下，有时可以四下，最后掉到我怀里。琳达信任我。我总能接住她。我喜欢被信任的感觉。

"痒死了。"她说。

当我站在铁长椅上，把她举到横杆处，她可以跨坐在两根横杆上。这是给一号和二号街区晾衣服用的。而她有足够的精力在晾衣杆上挂四到五分钟。时光属于我们。也属于弗雷迪一号。弗雷迪一号也没去度假。他身材壮硕笨重，不善攀爬。但他可以在整个架子上晃动身体，让架子颤抖摇摆，就像暴风雨里航行的船上索具。而当琳达跨坐在两杆之间时，他就躺在混凝土石板路上，两只胳膊枕在脑后，让她跳到他的肚子上。她不敢。

"来呀，"弗雷迪一号说，"不会疼的。"

琳达想了一会儿，我猜弗雷迪一号之所以选择那个地方躺，是因为那儿能往上看到琳达黄色花朵的裙子里。我提议，她可以仰着身子从横杆上滑下来，等她坚持不下去后顺势掉下来。她按我说的做了。尴尬地下坠一米半后，她的一双凉鞋牢固地着陆在弗雷迪一号的腹部。他咳嗽，脸部涨红。这时，母亲正好戴着太阳镜从防空洞里出来，手上拿着一张折叠帆布躺椅和两本女性杂志。

"你们这群小家伙在干什么？！我说真的，芬恩！"

弗雷迪一号正准备替我说话，我能从他的脸上看出来，但是他一声未吭。母亲小跑过来，扶他起身坐到铁长椅上。那儿正放着洗衣篮。母亲焦急四顾，想知道他的母亲会不会正从窗户或是阳台处监视我们。可是弗雷迪一号的母亲谁也没监视，她在睡觉，而弗雷迪一号的父亲身在建筑工地，几个姐姐都在夏令营。弗雷迪一号不想去夏令营，当然不想。当折磨他的所有人都不在，他想在家，在街上。当折磨他的人都在地狱时，就是弗雷迪一号心中的假期。

我们听着母亲的警告，帮她安装躺椅。花了些时间。接着，我们拿着球瞎玩，坐在草坪上抗议我们感到太无聊，母亲这才受不了我们，问我们有没有别的事好做。

我们穿过特拉福韦恩，走上哈根，从她的视线消失，来到一棵橡树前。这棵树的树枝连琳达这样身高的人都能够到，就连弗雷迪一号都能爬到二垒。我们把树干顶部称为二垒。在那里，硕大的树枝如扇面般分散长开去，形成一种平台式的结构，坚固的橡木地板可以容得下四五个甚至六个孩子。弗雷迪一号曾从这里朝弗雷迪二号的头上撒尿，因为弗雷迪二号只能爬到一垒。

我们可以看到城市中央上空发光的热浪，看到崭新的迪森街区，看到特隆赫姆斯维恩，还有我们自己的街区。空空的街道，公寓楼，正被刈割、即将变为草坪、必须由看管员打理的田野，奥斯陆市立公园和花园。这当然暗含一种自相矛盾。这个街区没有人。那些从哪儿来又回到哪儿去的人走后，这里就是一个空壳。他们有的回去教孩子如何晒干草、钓鱼、划船和爬树——埃西，家人开车带他穿过大山去罗姆达伦了，法登在索勒，罗格在北挪威，更别提那些在哈多伊岛参加夏令营的人了。他们都在渴望回到哈根的家中，羡慕我们坐着欣赏的令人惊叹的世界美景。这时的世界，应该在其中的人都不在。真是奇怪的时光。夏日，一个谜。正如冬日。

但这不会是一个普通的夏天。

首先，琳达在，这就令弗雷迪一号的多数想法只是想想而已。比如从地下室或阁楼储藏室里偷一些我们并不需要的东西。一公斤的面粉，鞋油，豌豆。豌豆我们至少可以用在射豆枪里。或者最好是能从快马体育场偷一些空瓶子，这样我们就能拿到钱去买冰淇淋。这些我都不能带琳达去。

第二，是因为那晚我们回家时，克里斯蒂安正坐在厨房桌子前。他穿着条过大的卡其布短裤，身上那件卡其布衬衣就更大了，搞得他就像《经典插图》里的利文斯通医生一样。他正藏着个惊喜给我们，我们后来才知道。我们想借用他的帐篷，去度假吗？

"你只是说说而已。"当我们慢慢爬上椅子，母亲道。而我在想，克里斯蒂安是怎么想到我们的。毕竟自从琳达生病之后，我们就没见过他。那几乎是两个月前的事了。

不，真的。克里斯蒂安在奥斯陆峡湾一个叫哈尔的岛上有一顶家用帐篷。他是这么称呼的。那帐篷整个夏天都在那儿，他想在周末的时候坐船过去，他说。

"家用帐篷？"

"是啊，一个可以住六个人的帐篷。还有一个凉篷。"

我想问，一个未婚的房客为什么会有一个六人帐篷，但他自己就给出了答案。"哎哟，也不是什么特别的东西。我便宜买来的——有点儿被烧坏了。"

母亲大笑起来。

"几乎看不出痕迹。"克里斯蒂安抗议道。

但这帐篷并非定价高昂，倒让它变得亲近了些。事实上，这提议对我们已经像是不可抗拒的诱惑了。

"你自己不去吗？"

"不啊。帐篷没用过，我不是一直在跟你们说。都锁上了。钥匙在这儿。"

他四下翻找，掏出一小枚钥匙，就好像这是用来开珠宝箱的。他举起来给每个人观赏，然后放到我们盘子之间的桌子上。钥匙没有被火烧坏。它太过闪耀，我们只得赶紧行动。

"那弗雷迪一号也要去！"我尖叫。

"快闭嘴，芬恩。我们不会去什么岛上的帐篷……"

"为什么不去啊？"克里斯蒂安说，"你可以就像在这里一样，躺在户外晒太阳。"

"快别说了。"

"你晒得挺好的。适合你。"

"闭嘴，我说了。"

"而且孩子们也需要呼吸点新鲜空气……"

"帐篷。"琳达道，悄悄地用手去摸钥匙，拿起来盯着，然后钥匙掉到了她的牛奶里。

"琳达！"

"弗雷迪一号从来没有出去度假过！"我咆哮，"太羞耻了！"

"你们究竟为什么这么叫他——弗雷迪一号？"

"因为他就叫这个啊！"

"把钥匙给我，琳达。"

琳达把手伸进牛奶里，捞出钥匙，递给母亲。母亲用茶巾擦拭钥匙和她的手，摇着头。但是之后她停下来察看钥匙，就像她在圣诞节收到金野兔胸针时一样检视。我发现她之后在鞋店时就戴上了。

"那睡袋呢？"她问，一脸茫然。

克里斯蒂安也考虑到了。这种事克里斯蒂安不会忽略。甚至还有一个可折叠的绿色帆布桶。我们可以从户外的水龙头接水，挂在帐篷边的松树上。桶的底部还有一个阀门，可供开关。如果我们把桶挂得够高，我们还能站在底下洗淋浴。如果太阳先把水晒热，就会非常舒服。

可到了现在，母亲开始觉得一切都计划得太好了，就好像他是想靠甜言蜜语打入我们内部，就像之前用电视、食物、金野兔和象棋板做的那样。对了，那块象棋板我现在已经可以"借用"了，此刻它正安放在我的书桌上。

"弗雷迪一号也要去！"我重复道，无法克制自己，"弗雷迪一号不去，我就不去！"

"你少来！"克里斯蒂安打断我，看起来他就要用拳头砸桌子了。

"那是什么意思？"母亲道，立刻站到我这边。

"唉，你们这些人啊。"克里斯蒂安道。穿着一身巨大的卡其布衣服的他站起身，大步朝门走去。

"生气了。"他的门砰的一声关上时，琳达说。

母亲坐下来，我们没有动，望着桌对面的彼此。那枚闪亮的钥匙和克里斯蒂安吃了一半的面包就在那里。它们对我们说话的方式让我们眼神更加凝重地注视彼此。母亲将脸上几缕让人绝望的碎发拨开，叹了口气：

"我们这是怎么了？他只是想借我们一个烧坏的帐篷！"

我们从没听过这么搞笑的事，笑得瘫倒在桌子上，不能自已。我们也无意停止，因为这可能是让我们恢复理智的唯一方式。母亲站起身，推开房客的门，大声道：

"快来吃完你的面包，别坐在那儿闷闷不乐了。"

现在事情开始有谱了。克里斯蒂安回来了，没家没口的他脸上一副颇为烦扰的笑，但他还是颇富外交礼节地回到自己的位子上，继续吃饭的一系列动作。母亲又帮他倒了点咖啡，说我们当然感谢他的邀请，只是一切太过突然。星期二开始，为期一周如何，他觉得怎么样？

"好啊，好啊，没问题。"

但如果说我想讲的话已经讲完了，那就错了。

"弗雷迪一号也要来！"我说这话时，母亲还是一副怡然自得的姿态。

"好吧，但是你和我现在就要上去问行不行！"

她一眨眼穿好凉鞋。我反正赤脚。正值夏日时光。我们走下楼梯，穿过空无一人的草坪，步伐逐渐放缓，因为母亲在想事情，问了我一些关于弗雷迪一号母亲的较为深入的问题。她们俩经常碰到，却从未说过话，但周围流传着一些谣言……

母亲的好心情把我们带上了四楼。我冲去按门铃。可没人开门。我们听到里面有人在大声尖叫，就该谁开门争执着。我猜想应该是弗雷迪一号和他的母亲。这场战斗输的是母亲一方。

她来到门口，平静而喜悦。我们解释此行的目的时，她扬起眉毛逐一打量我们，她答道，好呀，那挺好的，还说：

"弗雷迪当然应该去度假。他这辈子还从未去过哪儿。"

但是弗雷迪一号还是没现身。而我觉得这有些奇怪，因为他正在里面听着是谁，我们又在说什么。我大声说，礼拜二他要和我们去度假。

"你听到我说的了吗？！"

然而，弗雷迪一号的回答是不要。

"你说什么！"他的母亲高声道，向他的方向转过身，但还是没有移动一毫米。她守护着这扇门，就连我都没有跨过这道门槛，弗雷迪一号唯一的朋友。

"不去。"他又说了一遍。

当弗雷迪一号的母亲做出典型的绝望母亲的怪相——在我们这个街区，她这个表情简直完美到无法指摘——她耸耸肥厚的肩膀，说了些什么，意思是这小孩真是不可理喻。这时，我看到母亲翻起白眼。

但我不能屈服，喊道：我们会坐船去，会去一个超大的岛，会游泳，住在帐篷里。

弗雷迪一号不为所动。

"不去！"得到的是这样的回应，和之前一样坚定。而这时，母亲已经受够了。她和弗雷迪一号的母亲嘟囔了一句郁闷的再见，便抓住我的衬衫袖子，把我拉下楼梯，来到空旷的草地。我的光脚踩在阳光晒暖的草坪上，怪痒的。母亲现在是真的发火了。

"你脑袋里装的都是什么鬼东西啊，芬恩！"

就好像我用最可怕的方式背叛了她的信任。

"他现在肯定懊悔极了！"我叫嚷着，"我们回去找他！"

"你是不是疯了？！"

"我了解他。他肯定懊悔极了！"

"我会让你懊悔！"母亲说话的气息喷在我的脸上。她只是转过身，踩着重步回去了。

这对我的计划是一记沉重的打击。

我跟在她后面跑，但之后的晚上什么也没有说。我一次都没提到弗雷迪一号，就连我们收拾行李时都没说到他。庆幸的是，琳达上学后刚得到一个新书包。母亲走进阁楼，翻出一个陈旧的帆布背包。这包肯定历经了几次世界大战。她惊呼我的天哪，将头埋进包里，举起来，带着女人的鄙夷左右打量，又回到阁楼，再出来的时候拿了一个地址标牌上写着东博斯的行李箱。

"没有人带行李箱去野营的。"克里斯蒂安说，他一整晚都坐在他的电视机前。他站起身，走进他的房间，出来的时候拿着一个帆布色的包裹，结果那是一个行囊，有绳子和铜环，还有两根肩带，这样你就能背在身后。"我带这个。"

"啊，是啊。"母亲道，警惕地看着不成形的行囊。

克里斯蒂安掏出一张小岛地图，指给我们看他的帐篷在哪儿，并圈出了一个水龙头、一家店铺、两处沙滩和一个派对场所——我们等不及要出发。我们每个人都如太阳般发着光。而当他在一个隐蔽的防波堤处画上叉，说我们在那儿可以趴着钓螃蟹时，我浑身都起了鸡皮疙瘩，脊柱上像是长了短而硬的刚毛。唯一美中不足的是弗雷迪一号。睡觉前，当我坐在窗户边，想看他是不是坐在窗前满脸悔恨时，我看不到他的影子。这男孩明明是长在窗台上的，不是在监视，在放下什么东西，在拉出水气球，就只是坐在那儿发呆。不过，那时我无论如何已经想到了一个计划。不是很完美，但再好的计划都有可能失效。

12

礼拜二早上，天刚破晓我们就出发了。阳光下，我们一路拖着克里斯蒂安的行囊来到公车站，再搬上车。售票员还开玩笑说，我们应该帮行囊买张票。我们在韦瑟尔斯广场下了车，硬拉着包来到港口，船应该就在这里等我们的，但是并没有。结果，我们早了三个小时，因为克里斯蒂安的时刻表是去年的。

不过这里有很多可以看的，航行的船、渡轮和游艇。污水弄脏的水面上，捕鱼的单桅小帆船和独桅纵帆船乌泱泱一片，随着波浪上下起伏。买鱼和虾的人成群结队。人群中，成列的火车定期呼啸而过，噪声一片。车厢外飘着绿色旗帜。身着制服的人身子挂在外面，摇晃帽子向那些不当心的人大喊，他们最好赶紧让开，火车就要来了呀，我的上帝。

等我们小心地将行囊放在一处防波堤上，它看起来就像一个小沙发。母亲说她有桩小事要跑一趟。上帝啊，她不在的时候可要看好琳达，千万别让她从边上掉下去。

"抓好她！"

"好的，好的，好的。"

可我们还没来得及争吵该抓多紧，母亲就回来了。

"看我找到了什么。"母亲一脸勃勃生机。

是玛琳。她化着大浓妆，我们一开始都没认出她。还有一个我们从未见过的男人。但他微笑着自我介绍，说他叫扬，是玛琳的男朋友。他们都穿着绛紫色制服，看起来像是林根电影院卖糖果的服务人员。他们正准备上班去。在那儿，扬指给我们看，那正是阿克什胡斯堡垒的方向。玛琳两手伸到琳达胳肢窝下，将她举了起来，拥抱她，说你都长这么大了，我的小姑娘，尽管在距离上次见到玛琳的两周时间里，琳达顶多长个一毫米吧。

"还有芬恩，也是的呢。"她道，平衡双方。

他们听说我们的船要两个小时后才开，便邀请我们到弗里洛夫滕餐厅喝杯咖啡。时间这么早，那儿不会有很多人的。说不定还有别的呢，谁知道呢。扬朝我调皮地眨眨眼，并把行囊甩到背上。这包显然就该这么背，看起来真棒。我们跟着他们穿过市政厅广场和铁道，一路到餐厅，坐在扬称之为"市长专用桌"的位子上——市长经常坐在这儿喝啤酒、抽雪茄、开重要会议——我们坐在外侧，这样就能看到整个港口的景色。

母亲点了咖啡和一块杏仁蛋糕。琳达和我则拥有了足够整个街道享用的冰淇淋，喷泉状的玻璃杯装着，枝干太高，琳达不得不用她的大腿固定住。

之后，我们便自己待着，母亲又去办事了。扬过来问，先生小姐是否还要加一点。他吹起口哨，向左、向右、向中间作鞠躬状，这副样子让人烦恼地想起托尔舅舅。

但这已经跟我们上次去餐馆不一样了。在我的记忆中，那还是冷到刺骨的一月在森林中央用餐。而这里，大花纹的白色桌布覆盖在每张桌子上，黑顶海鸥大笑着在我们头顶上空旋转。市政厅的钟声叮当鸣响，火车从我们底下经过时哐哐歌唱。船来了又去，港口热闹非凡。起重机沿着码头旋转摇摆，最远可到阿克斯机械车间。父亲就曾在那儿工作过，也是在那里丧命的。

　　我们唯一听不到的就是雾角。我是挺想听一听的，还描述给琳达听。但在这阳光里，雾角又有什么用呢？我们已经离家远去，我们不害怕，我们不饿，我们甚至都不无聊。

　　然而，再一次，我看到了你用几天、几周，也许是半辈子都在尝试理解的东西，就像时钟的指针指向了错误的方向：母亲回来了，站在门口和玛琳说话。玛琳正在用竖起的拇指平衡一个银质托盘，极度想要一次送两杯啤酒去一张桌子。母亲和玛琳正在讨论这个那个，情绪激动，但也满腹心事的样子。母亲看到我们坐在她离开我们的地方，因为冰淇淋而幸福地疲惫。她朝我们挥挥手，用她的红唇说了些什么，但周围一片嘈杂，我们听不见。她打开手上一直拿着的包，举起一件小泳衣。是给琳达的，我能看出来。玛琳转过身，在阳光下朝我们微笑摆手。接着，她和母亲说了几句分别的话，像只绛紫色的小燕子在白色桌子间飘然离去，来到坐在后面的两位身着西装的男士面前，先是放下托盘，再是玻璃杯，微笑，从围裙口袋里掏出一本小笔记本。其中一位男子说了些什么，她笑起来，写下什么，又说了什么，收了钱，用左手清点数目，之后行了屈膝礼，因为谁又说了一句俏皮话而完美转身——那是一支玫瑰上的舞，一场大弥撒，但我看到的是什么？

　　母亲回来了，给琳达看那件泳衣。泳衣是深蓝色的，前面有一朵大的黄色睡莲。她说她得把泳衣放进小书包，因为我们现在得走了。扬在邻桌放下盛有两个鲜虾三明治的托盘，匆忙跑过来，把行囊扛到背上，按照行囊该背的方式将它背出餐厅，背下楼梯，穿过铁道，来到船上。没错，他甚至和我们一起上了甲板，确保我们都坐到了船的正后方，他所谓的"观察点"。因为当你离开挪威美妙的首都时，应该观赏的不是环绕峡湾的山脊，而是渐渐从视线中远去的城镇本身。

　　"后会有期。"他说着朝母亲一眨眼。母亲舒服地坐在皮革样的老旧座位上，仰靠栏杆，抬起脸面对阳光。我猜想她乌黑的镜片后两眼应当是闭着的。她这副样子，真像一个睡着的天使。

　　城镇在金光下消失了，和市政厅以及阿克斯机械车间的起重机一道，像是在向我致以最后的告别，因为我感觉自己的体内，我的内脏里，有什么事正在发生。还有我的嘴。里面全是液体。肯定是大冰淇淋又向上回来了。接着，它出来了，没有越过栏杆，因为我不知道发生了什么。甲板上全是的，一场白色亚马孙洪水流过健身鞋、凉鞋、睡袋、鱼竿和叫着各种东西跳起的乘客之间。我用双膝跪着，保持一种祈祷的姿势，惊异地看着芝士般的块状物质。我的胃居然曾有空间装下它们，还有红色、黄色的水果块，原封未动，似乎还可以再利用。母亲扶我站起来，说我可怜的孩子，还有其他一些令人尴尬的话，试图用手纸把我擦干净。这时，一个身材壮硕的男子，身着黑色舵手夹克，踏着哐当作响的木屐侧身挤过人群，一脸灿烂的笑容，手持长条弯曲水龙，开始往甲板下冲水。不过在这之前，他先嚷了一句让每个人听见：

"好吧，所以今天我们又有了一位生病的旱鸭子。可不是嘛，大海明明水平如镜。"

难以想象的眩晕感直到我们上岸一个小时后才渐渐退去。我终于可以躺在码头上，闭上双眼凝视天空，就这么静静躺着，直到我的体内和周围一切都平静下来。

我们到了哈尔岛。

奥斯陆峡湾中央的绿色天堂。狭窄的小径供徒步，屋宇不多，还有三处沙滩和一块平坦的草地，青草蜿蜒着进入一片森林，林中充盈着鸟鸣、岩石、山坡、灌木、低矮丛林、昆虫和深深的沟壑。这是龙的王国，我们只是还不知道这龙是善是恶。

这里似乎施行着一种自成一套的统治规则。我们主要是从一到码头就跑来跟我们说话的那个人身上看出来的，显然因为我们是唯一在到达后还需要休息的。其他人早就赛跑着冲向小岛中央，都觊觎着最佳露营地呢。我们也是后来才知道。

他的年龄和身材，我想该是所有人都曾梦想拥有的爷爷的样子：有点矮，穿着的衣服像是为这个特定的小岛和这一特定的季节量身定做的，短裤很长，好吧，是一种结合了泳裤和制服的样式，让他看起来像个喜好户外运动的人，也似警察，头上戴着一顶挂着个白色塑料锚的小巧船长帽，深深压扣在铁灰色的长发上。他还有一把同样呈灰色的胡子，明亮的小眼睛不仅目光如炬，也和善友好，同时颇为闪躲，尤其当它们迅速落在母亲身上时。母亲现在穿上了惹眼的比基尼上衣，墨镜扣在头发上，镜片变成了黑珍珠般的冕状头饰。

等她支支吾吾地给了他一些细节，告诉他我们忘带了地图，他叹了口气，嘟囔道：

"啊是啊，克里斯蒂安，那个克里斯蒂安。"他那张晒得黝黑的脸上展示出一整个乐谱的不同表情。我们颇为不安。不过庆幸的是，他看出来了，低声和我们说，我们不能来了就指望能有一顶帐篷搭在那儿，一直不动。如今的日子是流动的，所以人们并不扎根，也不会数周待在一个地方。他的意思是我们不能在同一个位子待两晚以上。时间到了，我们就得拔出固定帐篷的螺钉，搬到别处去。不仅如此，我们不能喝酒。他还说了些关于食物和一家商店的什么，我没有听到。

"你们可以叫我汉斯。"他嘟囔着，作为一系列规矩后安抚性的结束语，虽然我们既不理解这些规矩的措辞，也不明白它们的目的何在。

"为什么？"我问，感觉到母亲在踢我的腿。母亲还在盯着船长，眼神里有一种恳求。我们不是那种会不注意自己在谁的权力范围而不当心地游走的人。

"好吧，嗯，那是我的名字。"他道，显得窘迫，并把眼神从母亲的比基尼上衣下移到琳达身上。琳达只是觉得这一切都与她无关。

母亲：

"所以这里就没有帐篷了吗？"

"这个嘛，是有的，没错。"汉斯的话带着难以捉摸的智慧。这时琳达醒了，一脸严肃地看着他，拖长调子道：

"我们吃了一个冰淇淋。"

"嗯……是吗？想必很好吃吧，我猜。"

"是的。"

沉默。琳达：

"我们在度假。"

"是的。没错。嗯……"

就这样而已。汉斯抓起我们的行囊，说跟我来吧，也用正确的方式把包背了起来，带领我们穿过度假人群正忙着搭帐篷的田野，然后转向一条狭窄的小径，引领我们穿越茂密的榛木丛，沿着几座险崖包围的小坡上行，直到眼前出现一片平坦空旷的小草地。或者说，这里就只是多山地域而已。这位于高处的空地简直如绿洲，可以俯视大海和其他几座岛屿，除非那些是大陆。他停下脚步倾听，似乎是在听帐篷的声音，立刻就找到了，也就是我们那顶六人帐篷，因为它就在那里，天堂北角的森林边上。帐篷和大海、天空、日光一样蓝，还有一个橘色的大雨篷，两个半独立式住宅，一整幢屋子。

母亲问是不是就是这个。汉斯说是，这就是克里斯蒂安的帐篷。接着，客气点儿说，是一段闪烁其词，至少我是这么想的，解释究竟是什么原因让克里斯蒂安有权在这里搭起帐篷，无视各种规矩，让其作为一个固定装置而存在。汉斯还有一个请求，就是如果有人碰巧遇到我们，问我们什么时候搬走，我们应该说我们不知道必须搬，然后卸下帐篷，把它支在离森林再近六到八米的地方，但要与之形成一定的角度，这样那儿肯定就容不下另一个帐篷了。然而，如果没人过来，这是更可能的情况，因为这个地方是个秘密，那么我们就完全不用拆帐篷。这句话让我们产生一种颇为不安的刺激感。我们已经很熟悉这样的感觉了，就是那种过秘密生活，按别人规矩办事的感觉。

母亲说谢谢你，太好了，"我完全没料到可以这样"。

"而且也没有被火烧坏的痕迹，是吧？"

"没有，我觉得这帐篷只有一根杆有点儿痕迹，这里后面有一点儿。"汉斯道，朝着一块棕色污渍点头。如果不是他说，我们根本就不会发现。

不过，现在我有了钥匙。我打开锁，爬进凉篷。那里的温度可能有两百一十九摄氏度吧，还有一股恶臭。后来我们发现那是一双健身鞋发出的。汉斯耐心地用根杆子把鞋挑出来，扔到了坡子下面。可是，其实我们可以从前面打开帐篷，从后面打开帆布，这样就能让夏日清风拂过蒸腾的暖房。帐篷里有睡袋和气垫，一张日光浴的浴床和四张摇晃的露营椅，一张一样摇晃的桌子和那只著名的帆布桶。我们是可以用它来装水，挂在那边的树上的。

"你还可以在这里生火。"汉斯道，手指着一圈石头。石头外面还围着一圈可以坐上去的老树桩。

"好啊！"我嚷嚷着。

"唉，别了。"母亲道。

"我也想生火。"琳达说。

这时的汉斯面带微笑，就好像他已经是家里的亲密成员，或者说，不管如何，他已经推断出他是真的可以令我们感到惊艳的，我们这三个即将被带入露营的喜悦之中的新手。

"你会在森林里找到一些干的木头。"他跟我说，并叫我带上帆布桶，指给我看最近的净水水龙头在哪儿，还演示给我看要怎么把桶挂在树上。后来，他又说了些关于神秘食物的事，说这里只有一家商店，显然只在特定日子开几个小时，究竟几点开不大清楚，所以，我们最好在时不时从德欧克开来的船上买点食物储存着。那船来的时间也不大规律。或者，我们就自己去买东西，这可能是最简单的方法了。没错，我觉得是这样，他总结道。

所以，简而言之，似乎是这样，人们在这儿不能把一切当作理所当然，也不可能过得很舒适，舒适到不肯走。

"是啊，好的吧，就是这样。"汉斯满意地笑着说。

不过，到了这时，母亲已经开始四处闲逛了。她也没把行李拿出来。就我推测，这表示我们不能再继续接受汉斯的好意了，不然，我们会像欠克里斯蒂安一样，亏欠汉斯太多。他也感觉到了。

"好的，如果有什么问题就来找我。我在维卡。"

母亲再次感谢他，和他握手，汉斯便走了。

我们独自待在一片自己完全配不上的天堂之中，但是如果说我们不懂欣赏，可就大错特错了。我们陷入狂喜，尤其是我，和往常一样。不过，这刚刚的一小时里，母亲无疑也从心上卸下了很大的负担。这无尽的旅程，又是公车又是船，琳达已经在不同的睡袋里睡着了三次。便携式煤油炉点上火之前，她醒了。猪肉和香肠被扔进了煎锅里。人们经常给夏日冠上这样那样的美名，而眼前这个，我们称之为琳达学游泳的夏天。

13

　　如今，教琳达游泳当然不是一件容易的事。你瞧，自从停了药，她不仅睡得少、吃得少了，还有日益任性的趋势。母亲在不同场合都和我提过这件事。

　　"你不觉得最近琳达还挺顽固的吗？"

　　尤其是在大约一个月前，当我们就牙仙的工作产生不同意见时，我们闹得可凶了。从我那时起，白齿和前牙的价格就开始直线上涨，对此，我自由地发表了评论，却被母亲激烈地驳斥了。但琳达坚持要把她早上在玻璃杯里找到的克朗硬币给我，这导致价格下坠到谷底。琳达却拒绝接受这一点。诸如此类。我们就这些牙讨论了几个礼拜。

　　现在，琳达成了水的狂热粉丝，早餐前就穿上泳衣，戴上我的旧游泳圈，整日在海里，直到她被强行拽上岸。但她不愿按照我们说的做，待在浅处，她能一路蹚到脚踩不到地的地方，像渔船一样上下漂浮，嘴唇紧闭，踩着水，或者无论她在做的什么。这就意味着母亲和我不得不像浮标一样在水中来回行走，试图将她带到正确的方向，也就是说往岸边领，一边还要扯着嗓子叫——没什么效果——她可得上下摆动胳膊啊。

她用两只胳膊紧紧攀着游泳圈，而不是别的东西。这其实没有必要，因为母亲把游泳圈牢牢地系在了她身上，结果她的上半身都留下了棋盘状印痕。

那是个老式游泳圈，由驯鹿皮作内里，我想应该是这样。它会吸水，缓慢却也一定会由一个漂浮装置变成如铅般的重物，所以人们要定期在岩石上拍打它，或踩在上面，这样才能释放出部分水分，而且它也要经常放在阳光下晾晒。不过，它永远不会完全晾干，整个夏天都湿漉漉的，也冷，每次琳达套上都要冻得发抖。结果，她宁愿一直穿在身上。母亲是不同意的。

"你会生病的，肯定会。"

不仅如此，她还被晒得很厉害，肩膀和脸，几乎是水上的部位都晒伤了，她不得不浑身涂满妮维雅防晒霜，再穿上一件白衬衫，就连游泳时也得这样。同时，母亲又做了她后来一定会后悔的事，但她又克制不住自己。她问琳达之前的夏天是怎么过的。这类问题足以让琳达起身离开，无论我们当时在做什么，仿佛她被某种更高的权力召唤。于是，母亲和我，或者说我们俩，必须跟着她跑，走在她身边，脑子里想到什么就说什么，直到她停下来看着我们，脸上的表情仿佛是在说，她听到了她喜欢的东西。在那一刻，她才忘却那些轻率问题在她心里激荡起的一切。

琳达凝视我们的样子会让我猜想她的心里究竟在想些什么。事实上，当我看着琳达，就仿佛我在把自己的眼睛朝着克里斯蒂安的显微镜镜片越压越深，一心盼望着能捕捉到一丝可以辨识或可以理解的东西。

幸运的是，这个夏天也可以被称为和鲍里斯共度的夏天。我们到了海滩的第二天，我就遇见了他。他和我一样大，一样的身材，和我一样有一束额发，住的街区也和我们的很像，对漫画、书、硬币、树、钢球、单词和外太空感兴趣。他甚至也没有父亲。是的，我们几乎完全一样。

但他有一个"叔叔"，和他母亲在一起，还有几个哥哥和"表兄弟姐妹"，所以，鲍里斯是其中最奇怪的一个。这也是他的"叔叔"为什么会介绍我们俩认识。

"嘿，小孩，你能和他玩儿吗？"当我趴在地上，在沙子里找只有天堂才能找到的东西时，身边突然来了这么一句。面前站着一个粗壮的秃头男子，身上的黑色泳裤太紧了，在他赤裸的花生棕色的肚皮下，和什么都没法搭的感觉。他的嘴角还叼着一根烟。身边站着鲍里斯，肌肉发达，个子不高，皮肤也呈棕色，仿佛他一辈子都住在这里。他的泳裤太大了，眼睛则向下紧盯着我的梦想洞穴。那里面正在慢慢进满黑水。我觉得我没有怎么搭理他。那个"叔叔"抓住了这个暗示，道：

"你知道怎么抓螃蟹吗？"

"这个……"我说。

"鲍里斯抓给你看。好不好，鲍里斯？"

听到这话，他转过身，背对我们，踩着沙滩鞋摇摇摆摆地走了。那鞋子在他脚下噼噼啪啪地上上下下。而当他把沙子甩到水里时，那鞋子却好像粘在了他的大脚底板上。他的眼睛跟着万里无云的天空中某处粉色的点游动。那点似乎位于永恒之中。

鲍里斯没有动，也没有四处张望。我想我也是，直到他直直地看着我的眼睛，说"来吧"，便开始在沙上行走，前往水中的一块大岩石。

我颇为疑惧地跟在他后面蹚着水，距离他两三米，感觉母亲的眼睛正盯着我的背。我们往岩石走去。我以前从未来过这里，站着的时候，藤壶摩擦着我的脚。我很羡慕鲍里斯，他能径直从一大堆海草中间大踏步而过，不受到任何影响，在海里弯下腰，直到海水浸没发根。他捡拾起一把珠蚌，扔到我脚下。

"我们要怎么打开这些东西？"我问，装作什么都懂的样子。

"我们靠砸，"鲍里斯说，"用这个。"

他自己有专门用来砸的石头，石头下有一根绳子和一个塑料袋。是鲍里斯的绳子和塑料袋。

"黏性物就粘在其中一个贝壳上，"他说，"螃蟹就想吃这个。"

我们在钓螃蟹。我们蹲下身，阳光炙烤着背。我们塞进去一个珠蚌，拉出一只绿得发红的螃蟹，装在一个盛满海水的塑料袋里。鲍里斯教我怎么抓那群小混蛋，怎么拉它们上来，不能太快，也不能太慢。你得有耐心。可能更重要的是，他还演示给我看，只要知道自己在做什么，就没有什么可怕的，甚至和螃蟹在一起也不用怕。这期间，母亲的眼睛一直盯着我。此时的她正躺在沙滩上克里斯蒂安的帆布躺椅里，跟琳达吵着距离她上一次游泳有没有过去一刻钟，她能不能再去游了。为了家庭和睦，她二十分钟之前就该去游了。

"你会游泳吗？"鲍里斯问。

"会的。"我说。

"来吧。"他又说了一遍，摇摆着出去，跳入水中。我紧跟其后。这是在海湾对面，朝向另一边的悬崖。这一段的海水，我自己一个人是绝对不敢来挑战的。母亲也不会敢的。她站在躺椅边，一手遮住眼睛挡太阳，成为一尊为历史上一年又一年夏天在一处又一处海滩边的所有母亲竖立的雕像。她们眼看着自己在这世上挚爱的人逐渐消失至不见——我游啊游，不知游了多远，不知有多开心。就游在鲍里斯身边。我的新朋友。我现在甚至可以更开心地确定，他游得并不比我好，我们俩的水平差不多。我们肩并肩游得很好。我想，我们俩就像两颗完全一样的小脑袋，越来越小，豌豆似的，最后如针尖大，在死亡与永恒的天际消失不见。

游过海湾后，我们爬上岸，坐在一块陌生土地的光滑岩石上，回首望向那尊为全天下母亲竖立的雕塑。她还站在那儿，看起来那样小，传递来她的温热、警告、恐怖的想象和一位母亲会通过空间发射的其他一切。我感受到笑容在我的脸上绽开，站起身向她挥手，并说：

"快看。"

"看什么?"鲍里斯问。

"她没有回应。"我说。

"啊?"鲍里斯说。

"她生气了。"我说着坐下来。

鲍里斯沉思着，看着我又笑了起来，因为他和我的感受一致。我们仿佛跨越了赤道。也就是说，一些事情发生了。也不用过度吹嘘，这件事会比我们俩都活得更久。但那天，我们就想过度吹嘘。那年夏天，我们比以往都兴致高涨。所以，当鲍里斯第三次说"来吧"的时候，我除了跟着去还能做什么呢？我们离开所有人的注视，走入丛林，鲍里斯的世界，来到盘根错节的树和灌木构成的无边荒野，来到由沟壑和震耳欲聋的鸟的鸣唱、太阳和阴影、热与冷编织而成的令人迷醉的斑斓展演。我们沿着鲍里斯知道的一条小径走，直到面前的世界成了我也知道的那个，因为这正是龙和雕鸮的领域。一层滑石白的细沙粘在我们潮湿的双脚上，让它们状若白骨。这种粉末只在这条小径上有，一直通向一座高耸的山。那里，一切突然变得更亮。我们身下五十米处，又一片海湾显现，上面只有一顶橙色的帐篷。

鲍里斯说我们应该躺下来，朝悬崖边挪动。我在下面看到帐篷边的充气床垫上有个人。一个没穿上衣的女人在晒日光浴。两只硕大的乳房晒成古铜色。她的下身也赤裸着，我后来才意识到。

"她每天都在那儿。"鲍里斯轻声道。

我凝视着。没有其他人。只有这个像尸体或正在熟睡的令人震撼的尤物躺在那里。我之前从未见过这样的景象。她扣动了我的心弦。我从不知道自己还会有这样的感觉。

"我哥哥们都叫她F.T.B.，肥到爆。"鲍里斯说。

"她蛮老的。"这让我惊讶。

"至少五十了吧，是的。"鲍里斯好像什么都知道。"但你在这儿是看不清的。我们要不要走近一点？"

"别，别了吧……"

我们趴着观察F.T.B.。你不可能把视线从她身上移开。不管她多老，离我们有多远，躺着是多么一动不动，都没有关系。我们越呆头呆脑地望她，她就越长越大，晒得黝黑，动人心魄，如电光石火的阳光里一条被困岸边的白鲸。

"我哥哥们都说，她知道我们在看她。"鲍里斯窃窃私语。

"什么？"

"没错，而且她喜欢这样。"

"啊？"

"等她去游泳你就知道了，然后你就都明白了。"

我们躺着等 F.T.B. 去游泳。她慢悠悠的。倒也不是说有多大关系。不过她终于醒了，抓起充气床垫边的腕表，看了下时间，接着掸掉腹部看不见的沙粒，起身，看起来更大了。她环顾四周，掸掉肩膀和大腿上的什么，我想是花粉吧，或是昆虫。之后，她终于站起来，两手搭在屁股上，像是懒懒的后知后觉。她注视着热到冒烟的夏日景致中那一条条慵懒的、毫无期待的弯道。

之后，她向大海迈出了第一步，因为脚下的贝壳、藤壶和尖石，走得摇摇晃晃，双臂展开，像是要维持平衡的双翼。她背对我们，走向最远的岩石。到了那儿，她又停下来，再次环视四周，远眺大海、土壤、丛林和山脊，再次摸摸肩膀，弯腰测试海水的温度。这时，我们看到了她的侧影。

"她四处看，"鲍里斯声音非常微弱，"除了这里。"

"啊？"

"你看她呀——她从来不往这里看！"

我还是不明白。而到了此刻，鲍里斯已经失去耐心，说她每年夏天都来。知道的人不只他和他的几个哥哥。

"看。"

我环视周边，发现我们刚刚躺的地方是平的，就像有个帐篷在上面过。

"成年人也来的，"鲍里斯一脸肃穆，"男人。"

"谁？"

"这个……至少管理员是来的。"

"汉斯？！"

"嗯。但我感觉我叔叔不知道。"

"为什么不知道？"

"我也不知道……"

我感觉鲍里斯后悔提到了他的"叔叔"。

不过，现在F.T.B.已经让自己潜入水中。这再次让我们大开眼界，因为就像乌鸦巢里的赏鲸人一样，我们可以往下看到大海里面，透过一个巨大的绿色放大镜，看到她被显现得明亮而清晰，如一只双翼宽广的鸟，一下又一下，随着无生命的地理韵律，游出水面，奋勇向前。确实，当她无声地转身，仰面在水上，直视我们两个，在那一刻，一种熟悉的感觉袭来，不是她瞎了，就是我们是隐身的。一座橡胶制成的双穹顶教堂立在我们面前的下方。还在用一双仿佛看不见的眼睛凝视着我们。而当你被别人发现后，你会产生一些变化——你从外界审视自己，看到你作为个体的奇异之处。只有你这样，这种特性只在你体内游走，然而你却从不知道，导致你展示的从来不是你自己，而是别人。一种模仿，一

125

个罪犯。可是后来，你还是不得不承认你的内心一直是这样，你只是不自知。直到为时过晚。但到了那时，你也已经变成了别人。

"我们得走了，放螃蟹出来，"鲍里斯低语，上气不接下气，悄悄地向后挪，回到那片平坦的草地上，"我总会把螃蟹放生的。"

14

不过，这个夏天也可以被称为和弗雷迪一号共度的夏天，尽管没有一件事是按计划进行的，我觉得我也预料到了。鲍里斯给我看F.T.B.之后的两天，他来到我们的帐篷前视察，点头表示认可，接着走到母亲那里自我介绍，仿佛他是个二十八岁的男子。

"我是鲍里斯。"他看着她的双眼说。

母亲有些惊讶，慌乱中笑了一下。我想我下次也得试试这招，争取获得类似效果。

母亲这两天都在说我——因为越界——还在安慰琳达。琳达已经发现她一直都是在盐水里游泳，想回家去。不仅如此，我还因为不能接收她的新信号而备受责怪。事实是，汉斯还是会过来，上到露营地，下到海滩边，带来一些新的规矩和金牌建议，还不急不慢的。母亲觉得我应该跟紧她，尽管她觉得无须向我解释这么做的理由是什么，理解她是我的职责。

"你明白了吗?"

"嗯……这，明白……"

"那你为什么要离开我身边?"

现在她低头看鲍里斯,仿佛她想要的是他那样的儿子。

"有人告诉我,要来通知你们商店半小时后开门,"鲍里斯说,"你们能买一点烟熏香肠、面包和别的东西,我不知道那叫什么……肝泥香肠,至少上次是叫这个的。"

"是吗?"母亲道,再次警惕起来,"谁告诉你的?"

"没谁。我告诉自己的。"

她站在那儿打量他,颇为震撼,接着换了一种表情看向我。

"如果是这样的话,芬恩,我觉得我要把这个给你,"她说着,从钱包里拿出一张闪亮的十克朗钞票给我,"去看看有什么可买的。但是不要买冰淇淋!"

"他们没有冰淇淋。"

"是吗?"

"是的,他们几乎什么都没有,我不确定孩子能不能在那边买东西。"

"你的意思是我也要一起去?"

"最好这样吧,没错。"

母亲把琳达带出帐篷。是她自己躲在里面的,等待假日和盐水结束。我们排成一列,沿着蜿蜒的小径下到露营地。母亲抓住机会问鲍里斯是怎么知道我们住在哪儿的。他没有回答,但他的表现好像在说,这个岛上没什么事情是他鲍里斯不知道的。

等我们到了码头,我们坐下来,脚放在水里晃荡。母亲这时去了那家神秘的商店，也就是那间山坡上的灰色小屋，车道和通向码头的小径在那儿汇聚。我们把小石子抛进大海。琳达又开始抱怨水里的盐。

"是啊，这不也挺好。"鲍里斯快活地说。

她好奇地望了他一眼。"是啊，这样你就能更好地漂浮在水面。"他说着打量着她。

琳达的嘴似乎在说："啊？""是啊，你在盐水里是不会淹死的。"他解释道。

琳达的目光从鲍里斯看向我。我点点头。而鲍里斯坐着仔细看她，仿佛正要有什么发现。过去六个月，我在太多人脸上看到了这种表情，从不喜欢。这是我们需要跨过的一道坎。

"你不会游泳吗？"他说。

"我当然会。"她回答道。

"那问题在哪儿呢？"

"啊？"

"对啊，你又不用喝的，对吧？"

琳达再次看向我，她脸上微笑的无形的阴影可以让大地盘旋。

"她到底会不会游泳？"鲍里斯的这句话是想让这个问题更加明晰。我点点头，琳达道：

"嗯。"

"好的。"鲍里斯淡漠地说，朝水里扔了些砂砾，眯眼看向大海，看到下面的码头，抓抓鼻子，不知为何还抓了抓左膝盖上早已痊愈的伤痕，所以，我确切地知道我们已经跨过了那道坎。他也在想我们接下来该干些什么。当我到了快乐得就要爆炸和开始感觉无聊的转折点时，我也会考虑这个问题。

接着，母亲回来了，灵魂深处都受到了震颤，我能从她带有攻击性的步态中看出这点。她的衬衣下面藏着一个灰色的包，可惜藏得几乎完全不成功。这衬衣是她从我们的露营地一路带来的。对了，我们还给露营地取了个外号，叫"黛西"。是琳达的主意，用的是童话里一只奶牛的名字。

"这是什么地方啊！"母亲说着坐下。

"是啊，他们这里不大准卖东西的。"鲍里斯说。

"而且我们还要把食物藏起来。好吧，我就是想说这一点！"母亲说着打开包，里面有两公斤的烟熏香肠，一些胡萝卜，两块面包，还有半公斤的人造奶油，阳光下已经变软了。我和琳达都喜欢吃烟熏肉，她便抛弃了所有的原则，给了我们一人一根，不过首先她用长指甲把其中一根的皮撕了下来。

"你呢，鲍里斯，你吃过早饭了吗？"

"这个，没有，"鲍里斯说，"我叔叔不吃早饭的。"

"天哪。那你要来一根吗？"

鲍里斯也拿了一根香肠，带着皮吃了，和我一样，脆皮在前牙间碎裂，发出声响，满嘴充满冷烟熏的口感，又硬又软，甚至完胜了烤乳猪。母亲也吃了一根，皮剥掉了，和琳达一样。我们吃完后，又拿了一根。我们大笑了很久，坐在那儿，完全无视议会和政府，想吃多少违法香肠，就吃多少。

之后，我们仰躺着，用胳膊肘撑地，脚悬挂着。海草、森林、花粉和妮维雅的味道戏弄着我们的鼻孔。昆虫安静地嗡嗡响着。我们一言不发。对我们而言，这种情况很少见。我们通常都会毫不停歇地议论纷纷。在这一片寂静中，这让我惊诧。接着，母亲闭着眼睛咕哝了一句，说我们可以永远坐在这里。我们都笑了。但是船很快就要来了，她说，今天是礼拜六。

"礼拜六？"我醒了。

"是的。"她叹了口气，挺奇怪的。我知道，气氛要变了。她收起一只膝盖，靠过来，要和我们分享一个秘密，也包括鲍里斯。她低头看着自己的指甲。那指甲在柔软的灰色木制品上画着小痕迹，显然是字母。"我有些事要说。"

简单而言，她要说的就是，玛琳和扬会坐这一班船过来，你们记得扬的，对吧？我们上礼拜二见过。

我们点头。

母亲会坐同一艘船进城，她有些事要处理。这是我们之间的标准术语，用来指代无聊的、秘密的、令人尴尬的、必要的或以上皆有的活动。不过，琳达的下巴掉下来了。母亲帮助她归位，笑着说："你们喜欢和玛琳在一起的，不是吗？"我知道，这不仅表示事情将要发生，而且这也是预谋已久的。这个是故事的后续。故事的开始是在市政厅的码头上，或是那间餐厅里。也许还要更早。母亲当然是和那个可以托付我们的人商量好了。那个人就是玛琳。

同时，让我惊讶的是，如果不是鲍里斯、这片小岛，以及近来发生的一系列我虽然还不甚了解、却对我产生越来越大影响的事情，如果不是这一切，我可能已经开始哭泣。

现在，我甚至不会问母亲要去办什么事，也不会提出任何反对意见。她好奇地审视我的脸。但我只是望向北方，越过海湾。那里，船一定会驶入视线，像一颗移动的黑白什锦甘草糖果，在正确的时间出现在正确的地方。像在电影里，一切都如脚本上演。你要做的只是张开嘴——接受。现在我们还能听到引擎、钢铁和活塞的声音，轰隆隆的，从我们身后的山脊和森林处又反射出闷闷的回响，和海浪拍打声、昆虫声以及曾一度笼罩我们一家人的安静融为一体。幸运的是，这次有一个人让我们变得伟大：鲍里斯。

他站起身，赤脚跑上码头，熟练地抓住船员扔给他的停泊绳索。汉斯也出现了。他点头，以表同意。显然是这个意思，鲍里斯对这些简直了如指掌。他之后还帮汉斯铺下摇摇晃晃的跳板，像个赤身裸体的门童立正站好，为全新的、穿着衣服的夏日观光人流指引通往天堂的道路。访客中新手和旧友都有，我们现在可以通过他们的风格判定：前者处于困惑状态，和我们四天前刚到这里的状况差不多，而后者熟门熟路，会争夺地盘，以最快速度冲向岛上美景。

扬也属于轻车熟路的。他上岸的时候带的行李，比准备离开美国的移民带的东西还要多。他和汉斯交换了一些老练的客套话后，和玛琳一起朝我们走来。玛琳这次的妆淡一些了。她再次举起琳达，拥抱她，及时记起了我。因为这时，鲍里斯又开始用起了早上那一招，说"我是鲍里斯"。我发现这一手或许也没那么厉害。

坦白说，母亲上来帐篷这里拿包的时候，我往后退了一点。我很欣赏扬带来的大食物篮，还有那个巨大的盖着塑料的奶白色盒子。这显然是用来冰镇食物的，里面有干冰。是扬从一家冰淇淋公司拿来的，他说，并给我们看一块冒着烟的冰。他声称，如果冰放在这盒子里面，就能好几天不化。不过，到那时，他会让船再送一批新鲜的过来，因为他在迪普勒姆－伊思有关系。

"事实上，这是一个真的冰盒。"他说起这话像个老板，还把一只晒黑的小手放在起伏的盖子上。

是的，没错。得用一辆马车把这东西送回帐篷。我们从汉斯那儿借了一辆。他已经用正式的称谓和母亲说话了。她经过时，他说，他希望他很快就能再见到她，雅各布森太太。母亲更在意的是和琳达拥抱道别，诸如此类。另外，我正站在一旁，酝酿一场风暴。母亲看出来了。

"你知道我爱你的，芬恩，"她道，"无论你抱不抱我。"

我猜这意味着对一个已经开始严肃思考何为合适、何为不合适的人伸出的一种橄榄枝，但她说话的尖锐嗓音太令人尴尬。那声音又传遍了码头和拥挤的轮船甲板，所以就没有拥抱，什么也没有。于是，她又重申了一次，她有多爱我，以防哪个耳聋的小傻瓜第一遍的时候没听到，然后便上了船，站在船尾朝我挥手，身上穿了一条花裙子。这裙子早上就该引起我的怀疑了。岛上的她都穿比基尼上衣和泳衣。裙子是去城里穿的，是制服，是在鞋店和柏油马路上穿的，是琳达和我都不在她边上的时候，她才会穿的。船再次往北方咔嚓咔嚓去了。

现在轮到我站着眼看别人消失在地平线上了。当然，我是可以跳进海里，跟在她后面游的。我也能追上那艘破轮船。我想象着。我至少考虑过这么做，不过放弃了，跟着别人朝黛西走去。正当泪水要从我愚蠢的脸上流下来时，我发觉它们终究是不会流下来的。眼泪留在了我的体内。也不是太糟。或者说就是有这么糟。这一切是如此新鲜。它一步一步发生，在这六个月里，像一场小型的泥石流，仿佛是为了让我彻底了解母亲和我已经渐行渐远，仿佛有一只无形的手在全力促成一场最终的道别。

然后，泪水确实涌了上来。不过，哭从来是没有什么好结果的。如果有人早该知道这一点，那个人就是我。因为一直很警惕的玛琳听到了。当然会。她转过头，蹲下来说：

"好了，好了，会没事的。"

这是她能说的最糟糕的话，用了最糟糕的语调：

"什么会没事的?"我尖叫，"什么会没事的?"

我就像廉价泡沫剧里的伤者，恳切地盯着温和的智者玛琳那张夏日的脸庞。我想我看到了再清晰不过的暗示。她在想，我知道多少，或者说我有多少不知道，我又能承受多少。接着，她选择了最佳的行动方案。还是颇为犹疑的，我之后发现。她直起身，简单说了一句：

"振作点，芬恩。你的母亲需要自己待上几天。也是时候了。振作点吧。"

她在榛木矮林间沿小径走了三步，转身伸出手，又说了一遍，语气不容反对或商榷。我必须立刻跟上，告诉她露营地在哪里。

是的，如果这世上你还有谁可以依赖，那就是玛琳。玛琳如岩石，和以前的母亲一样，而不是风暴中善变的鸽子，镇定随时会瓦解。玛琳和你脚下的大地一般坚实，昼夜不停。她从不会让你失望，总是脾气温和，不知道恐惧为何物，是我们理应拥有的母亲模样。看她是怎么对待鲍里斯的，打个比方。他已经在我们的露营地和扬大肆宣扬对当地的了解了，但玛琳知道怎么对待他。

"快去吧，鲍里斯，去找别人玩会儿，"她说着，脸上依旧是难以应付的微笑，"我要和芬恩小聊一下。我有封信要给你。"她朝着我的方向说。

是的，鲍里斯静静离开了，没有大吵大闹。这样，我就能展示给他们看，要如何使用便携式煤油炉，就是奥斯卡舅舅在圣诞节送我们的那一只。按这里，打开阀门，甲基化酒精，点燃，之类的。你说有封信？

我都忘了，我自己的计划。信是弗雷迪一号给我的，是我这辈子收到的第一封信。如果不算那封带来了琳达的。不过，我想那封不管怎么说也是给母亲的。尽管弗雷迪一号给我的这封也不算是正常的信。没有信封、邮票、收信人等。不过，这至少是一张折起来的纸，因为是从螺旋笔记本上撕下来的，一条边破破烂烂。纸上用深蓝色墨水写有两行还算整齐的大写字母："我不会去度假的。我要照看钢球。"

所以玛琳知道了我的计划，简单说，就是让克里斯蒂安去找弗雷迪一号，把装着钢球的皮袋子给他，让他答应坐船过来，和我一起睡在凉篷下面。我一直是一个人睡的。母亲和琳达则占用了帐篷的主要空间。

如果玛琳以为弗雷迪一号的拒绝能让我暂时不去想母亲的离开，那她就基本猜对了。然而，我也意识到了别的东西。我发现克里斯蒂安和玛琳都没有太费心去说服弗雷迪一号。相反，他们把他的拒绝看作对这件事的一种合理的终结，也许是和母亲商量过了。这又反过来证明弗雷迪一号肯定也暴露了我们之间的秘密。弗雷迪一号就是这样的人。他激得别人要把他排除在外。这让我很愤怒。同时，我又知道，如果我是在昨天收到这封信，我是不可能看穿这场把戏的。因为昨日一切正常。他的眼睛有种古怪的神色，母亲曾说过，里面显然有一种退缩。

　　我讨厌这一点。

　　所以我打算退避三舍，也要离玛琳和扬远一点。不过他现在就在那里，穿着蓝白条纹短袖上衣，演示给我们看干冰有多冷，冷到能燃烧。看这里，一块干冰掉到水桶里，不会融化，而是会让水沸腾，因为它把完全相反的两极汇聚到一起。这种神秘的现象是不可能不让人感到惊异的。我去找鲍里斯来。他也不知道干冰是怎么一回事，我们一直拿着它做实验，直到玛琳说，如果我们再不停止，我们很可能在这周接下来的几天都要喝热牛奶了。

　　后来，鲍里斯和我离开黛西。我立刻和他说起了弗雷迪一号的事，因为我不能像母亲让我失望一样让弗雷迪一号失望。我说了他喜欢什么，不喜欢什么，他会做什么，不会做什么。我让词语流泻而出，一个接着一个。当我们下到海滩游泳和抓螃蟹时，我一直都在说。我们躺在光秃秃的岩石表面仰头望天时，我也在说弗雷迪一号的事。因为这世上鲜少有人能比得上弗雷迪一号。

鲍里斯也有一个弗雷迪一号。我们四处踢着皮球，或者躺着看F.T.B.时，他会说起他。尤其当我们在做危险的事情时。比如，有一次我们从F.T.B.上面的险崖下来，正好碰到了汉斯，那个看管人。他阴森地出现在小径上，对我们怒目而视。这时，我发现鲍里斯没有表现出一丝的害怕。他冷血地回以怒视，直到我明白过来，被现场抓获的不是我们，而是汉斯，一个成年人。任谁看来，他都比一个孩子更该受到指摘。

是的，经历这一切的不只有我们，还有那些我们不能使其失望的朋友。比如，当我们游过海湾，坐在大石头上，躲开了琳达和玛琳。这两人只会一日又一日地待在母亲占领的土地上。琳达现在在浅水区已经可以游得像潜水艇一样了，不用戴游泳圈，浮出水面只是为了换气。她也不经常换气，之后便会闭着眼睛站着大笑，舌尖仔细地舔嘴角，去尝尝那最苦的盐水。日复一日，她的肤色越来越黑，没穿游泳衣的部位比我还要黑了。她也出落得更敏捷，对于不到一周前我们还不敢尝试的地方，她已经可以跟在我们后面攀爬，在海滩和田野上奔跑起来也不会显得太笨拙，脚底已经长茧，走在森林小道和成片藤壶上也不会表现出挪威海滩上过于常见的赤脚走路的蠢笨姿势。旅行的孩子脚底和木头似的。他们眼皮都不眨一下。游人、吉卜赛人、印第安人。脸上满是污垢，一头晒到脱色的粗糙的盐水头发，胳膊肘和膝盖上尽是擦伤，满身的昆虫叮咬后的抓痕。夏日悠悠，我们的眼睛越发蓝了，在这似乎最悠长的一个夏天。

15

更多的干冰来了。食物来了，每每在最意料不到的时刻，数量不一。一艘漆黑一片的船晚上载酒而来，汉斯是知道的，只是他不会去阻止。突然间，码头上的渔船就在卖鲭鱼了。这是年轻人的狂欢时光，点着篝火，运土豆赛跑，《你可以拥有他》，还有一个贩卖柠檬汽水、香肠和棒棒糖的小亭子。有人在踢足球，有人在攀登险峻的岩石表面。大人们还在跳舞，还是《你可以拥有他》这首歌。有的人跟唱，有的互殴。扬和玛琳则通过令人作呕的法式深吻实践他们之前的深情。这时的我们坐在黑暗里看着一切。鲍里斯、琳达和我。这是我们的小岛，以至于当我们望向震颤着的恐怖小屋，也就是成人舞池时，我们至少能数到三双男人的小腿都沾上了滑石白的细沙。

当然，F.T.B.也登上了舞台，只是我们花了些时间才认出她来。穿着衣服的她我们不习惯。周围的环境又如此陌生。她身着一条白裙，胳膊和腿晒得太黑，都没入了夏日黑夜，将她的身形变为一片巨大的雪花，从这个男人的怀里飘到另一个。这甚至都不叫人觉得恶心，就应该是这样。我们和今年夏天融为一体。我们不再拥有年龄，只是身体、肺部和血液，将生机与活力注入存在的每一处角落与缝隙。

这段时间，我们一直住在安宁的绿洲里。岛上其他搭帐篷的地方就像一直处于离别模式的街区，气氛紧迫，因为住客每三天就要拔出钉子，冲到怀着嫉妒觊觎已久的场地，寄希望于那里的帐篷能撤离，或至少那儿还没人来得及在前面排队。一两天的时间里，他们可以享用备受珍爱的场所，一天后就又要担心下一步该搬去哪里。很显然，既然你有两天是在万人称羡的地方露营的，接下来的两天就得贫穷度日，这样才能再次抓住住在阳光下的机会。这就是无情的市场力量。我颇有兴致地围观，不乏优越者的同情。从鲍里斯一家的勇猛案例就能看得出来。那位异域的"叔叔"和可爱健谈的母亲。"叔叔"一直给她抹防晒霜，因为她皮肤粉红得如此奇怪，人又那么纤弱。不仅如此，她对于干燥又那么敏感。可怜的人儿哪。三个哥哥和三个"表兄弟姐妹"，都注定了要过居无定所的游牧生活，只能保证三天里有一天是相对安宁的。

"但至少那也算不错了。""叔叔"颇具哲学意味地说，大约是想抚慰那六个年轻人。他们的任务就是在他跋扈的指挥下安帐篷和拆帐篷。"叔叔"每下一个命令时，下嘴唇上都挂着一根烟，烟灰从他那汗涔涔甚至也更黑的肚皮和小泳裤上滚下。那条小泳裤几乎什么也遮不住。

"没错，三天里有一天舒服。事实上，我们在这儿的三周也只有一周舒服了。"

如果上述体系能奏效，那就确实是这样。所有人都知道这是不可能的。有的人比其他人认真。结果是，最需要那一周时间的人，这一周通常都化作云烟了。这其实有点像快马体育场，里面最不需要钱的人赢了。或者用弗雷迪一号的话来说："多行不义也未必自毙。"

幸好我们不用被搅到这些事情里面来。

只有一次。我们坐在外面，身处在高处围观一切。我们的帐篷只移过一次，差不多半米。整个夏天，水桶都挂在同一棵树上，火都在同一圈石头里燃烧——对了，这也是违法的。

不过，因为我们是有地产的人，这些也没有带给我们优越感，更多的是羞耻。然而，这种羞耻也不至于浓烈到让我们拆掉帐篷，游荡下去，加入平地上的漫游纳粹体制。这种羞耻感一直挺合宜的，供内部享用。也就是说我们听从汉斯的建议，如果有人问，我们不会说明我们具体住在哪里。

"那边。"我们会说。或者简单一句："我也不知道。"母亲有她自己的处理办法。她才刚来这个小岛，她说，连帐篷都还没有呢，哈哈……

而现在她走了，不会回来了。

处理点事？几天就回来？

琳达提到过她三次。当她游泳时把头抬出水面，第一次看不见母亲的身影时。这一幕甚至连上帝看了都要落泪。否则，她还是挺开心玛琳能给她穿上一条夏天的连衣裙，再帮她脱下来，换上另一条。就像一个礼物可以被包好再拆开，被送出再收到，一次又一次。过了一阵子，她就交到了两个朋友。她们和家里走廊对面的安妮－贝丽特一样活泼，是年纪大一些的烦人的女孩子，看琳达的样子就像在看一个有趣的宠物。对了，这种反应琳达也慢慢厌恶了。她的内心也发生了一些变化，或者说变化已经发生。这种逐渐转变的过程是不可能察觉的。直到有一天，一切为时过晚，再也无法回到从前。之后有一天，鲍里斯也不见了。毫无预兆。

我和往常一样，早就起来了，在水桶下洗脸刷牙，早饭没吃。不过，反正扬起来之前也没有早饭吃的。扬喜欢"睡个懒觉"，尤其是前一天晚上去其他帐篷里拜访过奇怪的人以后。这些人白天在海滩见到玛琳和她搭讪时，玛琳只是非常有分寸地说声你好。

我下到露营地，来到山间平地，我知道"叔叔"刚刚占领了这里。

不过，这里只是一片稀疏的、绿得有些病态的草地。我继续走向德拉戈维卡，在那儿也没找到鲍里斯。之后的一个小时，我在整个小岛漫游，没有找到人。后来我回到"黛西"。这时，玛琳和琳达已经起来了，正坐在一张毯子上吃早饭。

"母亲呢？"我问。

"在家啊……"玛琳闪烁其词。

"她走了至少有三个星期了。"我继续道，百分之百确信我的信息无误，因为刚刚在码头的时候我看到了日历。我想知道鲍里斯有可能是坐哪班船走的。

"可能需要的时间会长一些……"

"什么需要的时间会长一些？"

我站在那儿，觉得自己有权得到一个答案，因为母亲走了之后，我一次都没提到过她。玛琳看着我，一脸严肃。不知为什么，不去提及她成了一种坚持信任她的方式。我现在意识到了这一点。因为我没有得到答案。好像她再也不会回来了。

那天，天开始下雨。不是第一次。不过现在天空好像开了一个口。我们坐在帐篷里，听雨点砸在帆布上。我们打着牌，在煤油炉产生的烟雾弥漫的晦暗中。我们比以前都要更黑了。我们玩了"疯狂八点"。琳达只会玩这个。我们让她赢，直到我感到厌倦。因为这已经没有必要了，她开始认为赢是理所当然的。所有她不会做的事似乎都对她有好处。于是我站起身，到了凉篷下，穿上泳裤，在雨中下去，感觉沙子粘在脚底，在悲伤露营地的小水坑啪嗒啪嗒地走着。没有一个人，在我们这整片不朽的沙滩上，一个活人都没有，别的也都没有，只有雨。

我蹚入令人温暖的水里，开始游泳。我游啊游，这次没有游向我们曾经爬上岸看F.T.B.的海角，只是径直向前。我只是在离开小岛，离开一切。

但我不是孤身一人。

玛琳在我身边游着，没有发出一点声音。玛琳起床跟着我来了，用她那优异的自由泳追上了我。接着，她换为蛙泳。我们就像鲍里斯和我一样，肩并肩地游着。她说：

"很不错，对吧?"也没看我一眼。

我也没觉得有什么非要看她一眼的理由。我继续游。"你是个聪明的小伙子，"玛琳说，"你一直都知道的，对不对?"

我什么都不知道，不过这疯话让我看到了光，让我知道我现在能做的只有我正在做的这件事：游泳。

玛琳改成仰泳，速度丝毫没有减下来。她朝雨中说话。此时，雨点仍然击打在我们身上——水面如一只灰色的刺猬。从两边的森林里，我们听到雨柱冲刷在无尽的树叶上，就如沙、砂砾和石头像山崩一样从空中倾倒在森林与海洋。玛琳说：

"你母亲正在医院接受治疗。没什么大问题。她只是不想让你们小朋友担心……"

我的沉默无人打破。我现在也仰着面游，张开嘴接雨点。如今，雨水变凉了，而我所处的海水却越来越温暖。"不过这可能并非明智之举？"玛琳继续道。就这样，风暴中的一切都变得越发安静了。可是，在这儿，我哭，至少可以不被人发现。玛琳换了一种语调说：

"我知道我之前就该告诉你。"

划了两下。三下。

"告诉我什么？"我说。

"你母亲的事。"她说。

"啊，那个。"我说，感觉一种陌生的坚硬正在成形。该是时候了。决心不再让这一切重演，那种因无法决定是要刺她一刀还是开始哭泣，这样她就能把我当成第二个琳达安慰的仇恨与苦痛，因为我不再是个孩子，可我还是，但我两者都不想，我想成为别人，再一次。

16

　　度假就是这样。让你开始发现，你原本可以成为另一个人，只要你生活在不同的地方，被不同的人和屋宇包围，面对的和特拉福韦恩的两侧不同，不再像两座坚韧山脉里面住着的母亲和儿子，经历的背叛与友情。这是一种深层的革命性的发现。你可以说这是一种警告，意味着一种崩塌的开端，也是一个全新的起点。

　　我们在阳光中醒来。雨水完成自己的使命后，太阳总会再次升起。我们第一次发现，透过新鲜清亮的空气，可以看到对面的大陆。我给弗雷迪一号看雕鸮王国，看可以预见未来因而没有原因活下去却还活着的鸟。我给他看龙、F.T.B.和足球场，教他带球跑。我们永远在同一个队伍，强盗F.C.。我成了鲍里斯，带着隐身的朋友经历一切，却不向笨妹妹琳达透露分毫。琳达现在已经完全不会提到母亲，所以她也无法感受到我心中的失落与狂躁。我在藏着一个秘密。那个秘密在我的体内膨胀收缩，像脉搏。美好的日子，我想我必须得承认这一点，我们已经变成轻车熟路的老手，能去拉停泊绳索，放下跳板，嘲笑无助的新人。我开始懂得，如果你在怀疑自己有没有用，你只要问自己，能不能藏住一个在你体内爆炸的秘密，别人的秘密。

接着，夏天结束了。

船要离开了。我们的船。我们看过上千次离别，这一次迫使我们思考。像这样从一个小岛回家，就像从一幢被诅咒的屋子带走一台大钢琴。过去无法追回，童年结束，一切的希望都已破裂——一个月前，我来的时候是个纯洁、天真、快乐的孩子。有一个母亲。回家的时候，我成了一个愤世嫉俗的孤儿，靠在栏杆上，凝视船开过后在船尾激起的泡沫。这个生锈的庞然大物沿着内瑟登半岛轰隆而过。过度拥挤的船上尽是无知黝黑的度假人。

我们拽着行囊、小书包和冰盒向上穿过市中心，进入公车里热带般的热浪，在雷斯塔德下车，依旧带着我们的行囊、小书包和冰盒。冰盒里不再有干冰和烟熏香肠。我们在充溢着柴油味道的空气中停顿一两秒，沿着特隆赫姆斯维恩望下去，看向特拉福韦恩的公寓街区，再次认出了自己。

我们不仅认出了自己，甚至带着某种沉重的心情接受了这些房子还在的事实。街道出奇地安静。沉默总能让这个世界蒙上不一样的光彩。冬日里雪花的沉寂。工业假日的沉寂。还有现在，不属于我们的沉寂。因为我们不在其中，而是站在外面，准备带着行囊、小书包和晒黑的胳膊、腿和背进去。我们走进自己的城，却认不出来。因为就算我们不在，这里却仍属于我们。我们笑了，有一点紧张与羞涩。我们几乎无法再等待。我们必须得跑。得尖叫。街道和入口大厅里回声游荡。我们想听回声。大山间的公众之声。

就没有人来这儿迎接我们吗？

是的，没有人。住在这里的人不会站在阳台和门道里迎接住在这里却外出度假的人回家。住在这里的人都懂，尽管他们从未去过天堂。这里就是天堂。这里才重要。所以别和我说那些关于空缺的抽象东西！

但是有一封信。在厨房桌子上。这封信周围的一切都是这样死气沉沉。扬不得不打开游廊的门和厨房的窗，这样仲夏就能进入屋内，一扫室闷的空气。就像一个月前我们为帐篷通风。可是没有用。因为应该在这里的人不在。房客也不在。只有这封该死的信，在玛琳手上缓缓地、满心担忧地打开。她像往常一样想深藏那份情绪，尽管我能看得出来。我现在都知道了。她展开一张纸，看了，然后朝我们的方向随意说了一句：

"好了，她几天后就回来了。"

之后，我做了夏日教会我的事。空缺和天堂。我说：

"让我看看。"

"看什么？"

"信。"我冷冷地说，需要确切的证据证明她没有撒谎。玛琳不给我。

"信是写给我的。"她嗫嚅着。

"让我看看。"我又说了一遍。

"这是私人信件。"她说。

"好。"我说着回到自己的房间，不想目睹琳达再次被告知母亲不在的消息。琳达一直在等着见母亲，自从早上九点我们开始打包行李，琳达不想回家，不想离开盐水、帐篷和美丽的小岛。玛琳提到了这个话题，哄骗琳达"明年还会有夏天"，以及最重要的"我们现在要回家找妈妈啦"。之后，她也一直在说。当我们长时间坐船、坐公车、过街、穿过小区、走上这么多层楼梯，来到这里。就只是看到一封该死的信！被玛琳打开，无知地阅读。我不能看。我无法接受。我进到自己的房间，懒得拿出行李。我把书包扔到床上，打开窗，坐在窗台上，双手抱膝，环顾着最近的山巅，等待弗雷迪一号出现在他的窗前，认出我。弗雷迪一号没有。弗雷迪一号一如往常。那也算不错了，用鲍里斯"叔叔"的话说。

17

我们这个街道什么人都有。我们有一个盲人拳击手和一个出租车司机，后者的视力没比拳击手好到哪儿去。我们有两位老姐妹，养了一只德国牧羊犬，一听到"报纸"这个词就叫。我们有人每个秋天都能摘到一百二十三升越橘，但还是有办法把它们全都吃掉。我们有一群各式各样充满活力的流氓。他们爬下水管道、爬树、搭建小棚屋，还会砸玻璃。我们有人会收集瓶盖、火柴盒和啤酒垫，但从来不碰扑克牌，因为这东西是被神抛弃的。这里有人说话结巴，口齿不清，有音痴会在楼道里吹口哨。我们这里有一位女士患了腭裂，有一个顾家的男人每年春天都买一辆新的"莫斯科人"，就为了维持自己对六十年代的信仰。这里有人在自己的公寓里放新年烟火，砸门，把人的脑袋往柏油路上撞。我们甚至还有一些右翼选民。我们是一整个世界。一整个六十年代，这颗行星都如此温和又粗暴地绕着轨道转。这个年代可以将一顶帽子和一件大衣变成一场激烈的吉他独奏。在这个年代，男人变成男孩，家庭主妇变成女人。这个年代将记忆无损、陈旧而衰败的小镇，变为阿尔兹海默症急速增加的现代都市。这个时代有着过时的配置，见证了挪威文化变革这一社会碎石机。就连协同共济的体系都完蛋了——你可以在六十年代初送一只猪进去，另一头出来一盒火柴。一个被过高估计的、两面派的、被误解的年代。我的年代。

后来，妈妈回家了，在我们之后的四天。那四天，我们和玛琳在公寓度过。迷途的母亲，眼神显得颇为遥远，面孔苍白，身着一件新的我们不熟悉的衣服，抱我们的时候，闻起来不大一样，头发短了些。她啜泣着，告诉我们她从未停止想着我们，思念我们，在琳达和我之间平分关爱。琳达当然无法接受，因为她想独占母亲，一直黏着她。我对此没有什么意见，因为这让我们有了一些笑料，也许。母亲胃不舒服，她说，但她现在又好了。从硕大的未知中重新出现的母亲，声称她的胃有问题，还不得不听同样迷途的儿子说出第一句话：

"我一个字都不相信。"

"你说什么？"

大人总是能告诉你最直白的谎言，在你拆穿他们的时候发火。这实在令人惊叹。

"你一直和克里斯蒂安在一起。"我说，不是很清楚这句话是从哪里冒出来的。

"你说什么！"她道，重复着自己的愚蠢。但玛琳意识到了问题的严重性。

"给他看你的手。"

"什么？"

"给他看就是了。"

母亲举起她的右手，一脸疑惑，给我看手腕上一条下垂的塑料绳。那看起来像是一卷胶带，上面写有她的名字。等我冷静下来，我看到了，还有一些数字。但之后，她快速收回手——仿佛是怕我发现更多。

"那说明不了什么。"我说着，转身离开。

"你哪儿也不能去，芬恩，"她在我背后大喊，"我跟你说真的！"

她就是这么想的。芬恩是会走的。小芬恩。妈妈的宝贝。他走下楼梯，依旧光着脚，这是八月十七日。每个人都度假归来，准备礼拜三上课。十八号是礼拜三。街上都是孩子、自行车、噪声、笑声、爱与战争。你只需投身其中。

弗雷迪一号和雪一样白，比我们离开他的时候高了一点。但他手上有一些钢球，在到处炫耀，别人都羡慕他。如今，他又准备卖给雷蒙德·瓦卡纳格尔。不过瓦卡纳格尔知道，那不是弗雷迪一号的钢球，是我的，就命令他还给我——我总是会被雷蒙德·瓦卡纳格尔打动，这位创造了他的六十年代里的善良坏男孩。

"我不是送你的，"我气急败坏地对难堪的弗雷迪一号说，他和母亲一样不擅说谎，"你不能卖。那是我的。"

"我还会买回来的呀。"

"什么时候？"

"我不知道。"

弗雷迪一号想了一下。

"如果我还给你，你会给我多少钱？"

"它们本来就是我的啊！"

"是啊，但现在在我手上！"他声音提高了些。我明白他有点道理，他正用右手抓着口袋站在那里。而现在，瓦卡纳格尔已经转过身背朝我们，去处理更紧急的事了。

"十克朗。"我建议道，看到弗雷迪一号惊得下巴都掉了。他那颗过热的脑袋里肯定盘算会在三四十欧尔之间。他总是小家子气，是不是，弗雷迪一号。就算在他最贪心的时候，也是如此。

"啊？"

"是的，这些钢球值一百克朗。"我说。

"别瞎说。"

"它们是值这么多。"我说，装成鲍里斯的样子看他，一副别屁话的姿态，像枪上的瞄准具一样镇定。弗雷迪一号信了。弗雷迪一号来到这个地球上就是这个目的，遭人蒙骗。他拉出皮口袋，重如铅，价值和重量相等，这已让他双膝发软。他手里拿着口袋，正准备打开。我抓住了机会，抢了过来。

我当然抢到了。

我抢的是我的口袋。但我待在原地。我不会带着自己的贵重物品逃跑，就算弗雷迪一号的块头是我两倍大。他毫无选择，只能朝我猛扑过来。但这不是弗雷迪一号的日子。从来不是。也不总是我的日子就是了。不过今天是。我把口袋朝他的鼻子砸过去。他摔得双膝跪地，用手扶脸，血从他沾满草的手指间汩汩流下。

我们周围的一切都安静下来。正是赶快逃跑的时机。但我还是原地不动。口袋挂在我的右手下面。弗雷迪一号十有八九正躺在那儿检查他是不是又要死了。这次他也不会死。他直起身，看着我，看到的不是我。他是被别人打倒的。如今，这个场面已经吸引了八月十七日能在特拉福韦恩召集起来的所有围观者。也就是一整条街的人，都挤在这对不般配的朋友间。这不般配的两人向彼此宣战了。

我感到一阵震颤自脚底升起，一直扩散到腹部、肩膀，直到一个熟悉的声音打破了沉寂：

"放松点，芬恩！"

瓦卡纳格尔想解决这个事端。这不是一场战争，只是误解。

然而，我的神经在激烈争吵。我低头看着弗雷迪一号，在严肃地思考要不要用钢球结束了他。这个想法无所不包。它在我的骨头和血液中流淌。我看到的全是弗雷迪一号悲惨地被克里斯蒂安给我的这个难以置信的武器打到头骨粉碎。而事实上，我只想把这东西拿在手里，感受它们摸起来有多舒服。这些我曾拿来贿赂弗雷迪一号，让他跟我们去度假的钢球。那该死的假期。这些钢球已经变成我手臂的延伸，一根棍子和一件凶器。弗雷迪一号明白我可怕的大脑里在想些什么，眼睛像风暴中飘摇的祈祷。

"芬恩！"

瓦卡纳格尔呼唤我的名字，以本该如此的方式。而当我放下手，环顾四周，假装我没有发疯时，我发现了口袋，用拳头握住，仿佛这整件事都是为了让弗雷迪一号把他从我这儿借到的东西还给我。

我赤脚走在草坪上，进入我们的街区，爬上楼梯，感受着脚底下冰冷的石头阶梯，走进公寓。母亲在厨房里，拿着一条茶巾和一个咖啡杯。我说：

"对不起。"

我继续走进自己的房间。琳达正在床上，翻看着一本我送给她的图画书。是一本字母书。这样她上学之前就可以学起来。

我躺在她旁边，问她问题。那是什么字母——是h——还有那个字母，和那个。她回答了，就像一直以来的一样。我们还想了想有什么动物是以这个那个字母开头的。如果可能的话，要和图画书里的不一样。我们想要龙、雕鸮、猪、盐水和纤维棕。因为琳达也喜欢单词，长的短的都喜欢。我得把鼻子埋进她的头发里，才会知道她今晚有没有洗澡。琳达一整个夏天都依赖我。而我没有告诉她事情的真相，什么也没说。我道：

"那个读'欤嗤'。有些人会说是读'嗨嗤'，那是在骗人。是读'欤嗤'。你能念一遍吗？"

琳达说了"欤嗤"。我拿出外婆圣诞节送我的那副扑克牌，说她要准备学打惠斯特了。比"疯狂八点"要难，但这是一个正式的游戏。可琳达不想玩。不过我还是把牌摊在羽绒被上，开始解释。

"你一定要玩啊！"

她看看下面，看看旁边，试图逃脱这一切。但我不会屈服。她便学了。这是开学前的最后一天，是改变了一切的假日的最后一天。以我教琳达她不想学的东西结束。我没有别的选择，琳达也没有。这期间，母亲时不时进来，看看我们，一句话不说又出去了，再回来，盯着我们。因为她完全不知道我们在做些什么。

18

上学的第一天是从一声门铃开始的，当时我们正静静地吃早饭。母亲去开门，回来低语，有些慌乱的样子：

"是你那个朋友。"

她就是这么称呼弗雷迪一号的。我有些震惊，但还是走到门廊，看到弗雷迪一号肿着鼻子，两个可怕的肿眼眶，但他还在殷勤地笑着。弗雷迪一号说我们要一起去上学。

我让他进来了。他看到了早餐桌，琳达和母亲，便扔掉书包，坐在我们的房客经常坐的位子，扫视一眼桌子，说：

"我要一块涂棕山羊奶酪的。"

惊呆了的母亲笑了。

"好吧，请自便。"她递给他一把小刀，朝我这边眨眼，意思是："这算什么礼貌？"但当然她必须问："你的脸到底怎么了？"

"没什么。"弗雷迪一号说，乱涂着奶酪。这时，我低下头，羞愧难当，一种混乱的愤怒再次燃烧。不过，幸运的是，母亲从他手上拿过小刀，涂好一片面包。弗雷迪一号立刻塞进了他的嘴巴里，之后才解释他为什么会来。我们也就基本无法理解他说的是什么。不过，还是关于钢球。事实是，我给了他两个，他如是声称。他可以证明，看。

他拿出那张我们度假前我写给他的信。信中明确写着我答应给他两个钢球。

但前提是他到岛上来和我们一起玩！

琳达和母亲试图搞清是怎么一回事时，我们把信传来传去。直到我突然意识到，这可能是我再次做自己的机会。于是我屈服了，走进自己的房间，从口袋里拿出两个钢球给他。弗雷迪一号那双充血的眼睛放着光注视着它们，然后塞进口袋，说他想喝一杯牛奶。

"给你，"母亲道，把玻璃杯啪的一声放在桌上，"那你现在该说什么？"

"谢谢。"弗雷迪一号和琳达异口同声。我们笑了，看着弗雷迪一号喝下牛奶，那速度和牛奶倒在地上没差别。

然后，我们去上学了。

母亲已经开始在鞋店全职工作，但她这天请假陪琳达去上学。之后的话，如果琳达和我们上课时间一样，就和我们走，不然就和走廊对面的双胞胎一起去学校。

不过，和往常一样，我没有太在意。我被蒙蔽了双眼，被母亲的谎言，和体内仍在翻搅的那个夏天。所以，我和琳达保持了一定距离。至少过去了一个礼拜，我才在有一天跟着别人进校门的时候发现，她是在往E入口去，去上特殊教育的课程，背着小书包，一脸期待的笑容。我拦住她：

"你不是要去那里吧，对吧？"

"是呀。"她说。

我感受到一股怒气上涌，鸡皮疙瘩也起来了。这才意识到，她每天都到这儿来。每节课。一整周，我都没有发现，因为我在避开她，害怕不得不照顾她。或者说是为了麻痹自己的羞愧。每次只要有人第一次见到她，怀疑她不只是个子小且无助，这种感情就会在我体内生长。

我粗暴地抓住她的胳膊，把她拉到操场，绝望地希望这一切都是出于误解。或许她应该去的是其他一年级孩子都在的C入口。可是并没有什么误解。在我们身后，萨穆埃尔森先生，一个老师，一身灰色罩衫，走到了大门口。因为少了一个学生，他大叫：

"快来啊，琳达，上课铃响了。"

"不去！"我转身大吼，把她拉走。

"你说什么？！"萨穆埃尔森道，在我们身边三步并作两步地走。比起烦恼，更多的是惊讶，至少在我看来如此。他不是那种怪物，更像人格崇高的牧师形象，戴着不透光的眼镜，声音如天鹅绒般温柔。可是我已经丧失了仅有的一丁点常识。

"她不会和那群呆子在一起！"我尖叫。琳达开始哭。萨穆埃尔森的脸色变了。他伸出一只巨大的毛茸茸的熊爪，抓到我脖子的皮肤里，用毫不仁慈、既不温柔又不像牧师的嗓音道：

"我会给你看呆子是什么样，你这个小畜生——给我过来！"

然后就像抓一个破布娃娃一样把我拽过操场，一边还喊着让琳达去找她的同学，拿出练习簿，开始做作业，第十八页，画……

我的鼻孔里感受到了成年男子的气味，香烟、水牛和煮蔬菜。我试着逃脱，却是徒劳。等我们到了校长室，我已经身心俱疲，几乎听不见他在说什么。另一方面，无疑还有校长的声音。

"你给我坐下！"

是芬斯塔德，名字是弗林特斯通。他是个抽烟不断，如岩石般坚固的老派代表。灰色西装，灰色皮肤，头发死板地边分。左边胸前口袋里武装着两支优雅的派克笔，一支蓝色的用于写信，一支红色的用于签署判决。

萨穆埃尔森一离开房间，他就问我，到底明不明白把那些可怜的孩子叫作呆子，他们会是什么感觉。他顺手掐断了抽到一半的香烟。那姿态仿佛在告诉我，不用和他解释操场上的部落法则，说什么一个小学生如果去特殊班级上课，不仅会在行为和外表上发生变化，衣着、父母和语言都会随之而改变，成为灾难性的小孩，没人愿意和他玩，或有任何关联，甚至都不想有血缘上的牵扯。确实，就算心理再强大的人也愿意在这类情况下与自己的兄弟断绝亲属关系，更别说姐妹了。我的上帝，这里面还有《圣经》的意涵。

然而，正是这些家庭纽带，才让这场斥责有了新的转折。

"她是你的妹妹吗？"芬斯塔德惊异地问，身子后仰，调入等待模式，点上一根新的香烟。

"是的！"我尖叫，"而且她会念字母表！他妈的每个字母都会！"

"别骂脏话！"

"她识字!"我坚持着,唾液顺着我的脸颊和脖子往下淌。他肯定已经下了决定,认为自己是在和一个歇斯底里的家伙理论。对付这小子需要展现出不同于一般的力量。因为校长已经把新点的香烟也掐灭了,站起身,在桌边坐下,两手绕在膝盖上,问我叫什么,在哪个班。刚回答完问题,我就被新一轮爆发淹没:

"她不会去那个班的!"

"现在立刻给我停下来!"

"她不会去那个班的!我永远不会停下来!永远不会!"

我一字一句吐出这些话的时候,还坐着,而他如今已经转换到新的模式,成为一个客观的集邮爱好者:

"所以你说她识字,好的吧,嗯,有意思……"

我感到喘不过气来,但还是猛烈地点头。这时,他走向一个巨大的文件柜,拿出一个含有两张纸的文件夹,仔细研究,然后放回文件夹和抽屉,砰的一声关上。他坐下来,先是静默地冥想,望向窗外,接着点燃了一根香烟:

"事实上,是你母亲亲自这么要求的。"

"什么!"

他点点头,更加确信了,点了两三次。但我只是没有听见他说了什么。

"她能识字,我跟你说!"我最后一次声明。抽烟的停顿时间再次拉长,直到他说:

"如果你说的是真的,那她会被转到别的班。"

然后，我看到了从未见过的一幕。弗林特斯通笑了。

"我从你的档案里看到，你的母亲是有工作的。"他道。

"但我在家的时候，她也在家的。"我说谎了，很清楚他的意思是工作母亲养出了问题小孩。

"在一家商店……"

"嗯。"

"他们那边有电话吗？"

"是的。有两个。"

我念出了号码。他写下来，表现得颇为惊讶。一个我这样的人居然有本事按正确顺序记住两个六位数的电话号码。

"你打过吗？"

"没有。"

"但是你却记得这两个号码？"

"是的。"

"怎么会呢？"

我发现他开始盯着我。这些关于电话号码的废话到底是什么意思，就好像这老家伙不明白所有孩子脑子里都会有一种神经质的代码，就等灾难突袭时引爆。他道：

"这很不寻常。"

"啊？"

他又笑了，起身，走回文件柜，抽出两份新的文件。研究这两份也绝非易事。我在猜这两份肯定是关于我的材料。亨里克森小姐的仁慈报告后，我留下的痕迹。他看完材料，放回去，似乎又有了许多可供思考的素材。

"我母亲怎么了？"我努力咕哝出一句。

"这件事和她无关。"他心不在焉地回答，在一张白纸上用蓝笔写下一些数字，举起纸，让我看，然后放下来，问我能不能记得那些数字。

我都能记得。他满意地咯咯笑，而我则在想，琳达的命运会不会由我能否记住这些数字决定。也许我该一口气报出挪威人每年平均要喝多少升"生命之水"[1]，或者一辆新的希尔曼在奥克恩汽车与公交公司卖多少钱。这些都是克里斯蒂安和我讨论过的。或是瑞典最高的山有多高。是凯布讷山。你只要翻一本工具书就知道了。

我能感觉到，我已经开始有些愤怒。如果不是愤怒，至少是更困惑了。而正是在此刻，我明白他戏弄了我，把我戏弄出了怒火。

"你应该玩玩围棋。"他道。

"我已经在下了。"

"是吗？有组织的？"

"啊？"

"是在俱乐部下吗？"

"不是。"

"韦特威特有一家不错的俱乐部。你知道吗？"

我没有回答。但他的那句话终结了我们的对话。校长又点上一根香

---

1 "生命之水"（aquavit）：由马铃薯提炼并用葛缕子作香料的斯堪的纳维亚烈酒，澄澈透明，常作开胃之用。

烟。"去上课吧，芬恩，我来处理这件事。"

我起身，发现身上的汗已经干了，尽管萨穆埃尔森的爪子给我留下的伤痕依旧刺痛。我把书包甩到背上，还是迈不出离开的脚。

"自然，我没法向你保证什么。"他总结陈词，在两片薄嘴唇前来回捏着香烟，仿佛在考虑我一出门，就把烟横着塞进嘴里。

我低下头，离开，经过前厅。接待员尼尔森女士身着深色紧身秘书裙，戴着椭圆眼镜坐在那里。她也是个老烟枪。我走进空荡荡的走廊，接着进入教室，没有敲门，坐下来拿出教科书，不顾众人落在身上尖锐刺目的眼光，甚至对亨里克森小姐愠怒地问我去哪儿了也不予理睬。

"和校长在一起。"我只说了这么一句。结果，塔尼亚回过头来朝我笑。塔尼亚整个三月都没来学校，但现在又回来了，因为据弗雷迪一号说，她父亲所在马戏团的大马车轮胎被刺破了。现在，我终于有些别的事分散注意力了。

"他们今天上午把黄家伙、红家伙和黑家伙的房子拆掉了。"我大声道。

"什么？"

亨里克森小姐不习惯我突然插话或是打哑谜。说实话，我是她的宠儿，但在我上学的路上，我看到三个成年男子站成一排，哭得像小孩，因为他们摇摇欲坠的棚屋被夷为平地了。那幅景象远比想琳达的事令人舒心。

"他们把住在缪斯森林公园的人的家都拆了，"我说道，"用推土机。警察也都在。"

"哦，是吗？"

"我站在那儿看的。我看到了。"

我低头往下看，仿佛为了表示虔诚之心。亨里克森小姐显然因为不知该卷入黄家伙、红家伙和黑家伙的事件多深而游移不定，于是我说，他们已经因居住在非法棚屋而被捕，因为"奥斯陆公园和花园"要在那里种草坪。不只缪斯森林公园，还有通向特隆赫姆斯维恩的斜坡。那里绝妙的荒野景致也将走向终结。而且由于还有一些人受到了触动，觉得应该就此问题发表个人观点，手也没有举就发言了，亨里克森小姐便组织起一场关于社会弃儿，她口中的"贫困群体"的大讨论。弗雷迪一号说：

"你说的是那群流浪汉，是吧？"

"不，弗雷德，不是，我说的是那些没有受到应有关爱的人群，那些因为某种原因……"

"哎哟。"弗雷迪一号咧嘴惊叹一句，四下寻找观众。他从那群通常的小混混那儿得到回应，但我没有反应。今天没有。我只是直直地盯着前方，眼见亨里克森小姐快步走向他。

"他们是战争时期的商船海员。"我插嘴道。

"那是什么？"弗雷迪一号天真地问。

亨里克森小姐停下脚步，振作起精神，回到讲台。

"是啊，芬恩，你能不能给我们解释一下，商船海员是什么？"

"我不知道。但那是和战争有关的什么东西。我的舅舅就是一个……他是砍……柴的。"

"柴?"

"是的,他在地下室砍柴。"

亨里克森小姐开始跟我们讲战争时期挪威商船海员的可悲命运。对此,大家并非一致鼓掌称赞。说实话,我们对每天晚上在电视上滚动播出的忧郁纪录片深感恶心。那些纪录片就像用低沉小调伴奏的葬礼行进队。不过,现在我可以专注地凝视塔尼亚的头发,听亨里克森小姐的嗓音。她说话的声音尤为动听,属于极少数我能够忍受的成人嗓音之一。母亲说话的声音也不错,可时不时会有些刺耳。玛琳谈吐沉静,音调保持不变,无论发生什么。扬的声音有点太尖。克里斯蒂安讲起话来像广播。弗雷迪一号的母亲只要开口,没有人类能在旁边待到一分钟以上,因为如果这样,那人肯定会失去生的意志。

这就是我坐着欣赏塔尼亚长发时的所思所想。那头发就像一条墨水流成的河,闪着微光。我身子向前倾,俯靠在书桌上去闻她的香气。那是花香和汽油混合而成的味道。没有人有塔尼亚的香气。没有人嗓音比她还要甜美。只是很可惜,她极少开口。是的,这实在太罕见了。你坐在那儿一直想:"快呀,女孩,说话,我真想听你的声音!"而我还没提到琳达的声音,因为我现在就是不能想到她。这时,亨里克森小姐和蔼的声音已经讲到莱夫·安德烈亚斯·拉森和舒特兰德·布斯曼,并无缝衔接到冷战。这就是我们为什么在地下室都有一间防空洞,用巨大的铁门锁着,十二岁以下的孩童无法打开。这是核时代。此刻,她又把话题转到黄家伙、红家伙和黑家伙身上。我看得出来,弗雷迪一号迫不及待想插一句嘴,说黑家伙喜欢把他的小松鼠露给年轻姑娘看。但今天,他控制住了自己。就连他，也被黄家伙、红家伙和黑家伙的命运触动了。

铃声响起时，我和塔尼亚同时起身。我的胳膊肘不小心碰到了她，身体仿佛过了一阵电流般震颤。我向她道歉。你们看，我这个夏天交了这么个朋友，他教会我演出一套礼仪将有多少回报。而且不知为何，此刻我也想到了F.T.B.，这一危险即将降临的信号——为什么我们人类就不会崩溃呢？

"你去哪儿了？"我问，我居然问出了声，这让我也有些惊讶。

"什么？"她道，没有任何解释。除去那些她外出旅行的月份，我们坐在同一个平方米已经整整三年，而这是我第一次和她说话，所以我们都有些生涩是很正常的。但我还是重复了我的问题。

"罗马尼亚。"她回答。

我从未听过比这个还魅惑的东西。

"布加勒斯特。"我如闪电般迅速回答，之后在我们离开的时候还说了关于罗马尼亚的其他几条真理名言。

塔尼亚言辞含糊，眉头紧锁。而我也无法就此展开，便继续为罗马尼亚绞尽脑汁。

"你是那里的人吗？"

"不，我是这里的人。"

"你去那里干什么？"

"看家里人。"她道。

"所以他们是那里人？"

"嗯。"

164

我在想我是否应该超越自我，说我也是那里人。不过，我们现在已经到了操场。尽管现在位于众人视线范围内，我们很难继续对话，但想要结束对话也不简单。似乎是遭到命运的嘲弄，弗雷迪一号来了，直接问我们在聊什么。这样，塔尼亚就有机会低头看着柏油路，腼腆地退到那群女孩中间。她显然希望自己有一天能被她们接纳。

最近在钢球事件和紫黑眼睛上都收获了些许成功的弗雷迪一号——这时，他的眼睛先是变黄，然后又回归正常——曾经也面临即将沦落到特殊班级的危机。所以，就这件事而言，他或许可以谈谈。至少他强烈地感受到，他必须阐明这整件事是不公平的。

"啊？"我道，耐心等待着。

"是这样的，你一开始是不会进特殊班的。"

"不会吗？"

"不会的，首先，你会去一个普通班。等老师发现你太笨了，然后，你才会去特殊班。"

我无法忘记弗林特斯通不久前说的话。那个母亲，事件本身的关注焦点，不仅赞成了校方的无情决定，甚至主动提出要这么做。

在我回家的路上，我和琳达一起回去。她有了一个新的女性朋友，名叫简妮。那是个大块头的安静女孩，身体奇怪地挺得笔直，屁股小心地绷紧，背书包的样子让人感觉她在当兵。

"双胞胎呢？"我低语。

琳达假装她没有听到，反而问我为什么要陪她回家。我不得不临时想了个理由，而且我也不是很喜欢她的新同伴，尽管简妮可以被当作女版的弗雷迪一号了。我也不明白她们在聊什么，因为当她们开口说话时，两人都嘟囔着，笑着走到前面不远处，就像是某哑巴协会的成员。当我们经过黄家伙、红家伙和黑家伙原来的家，如今已是满目疮痍的刺目泥土堆时，我离开她俩，觉得这次我做了一件对的事。但我已经错了太久，甚至连奔跑也于事无补。可我还是跑了，想着塔尼亚，如今已离我太近的塔尼亚，和一个妹妹，一个被永远认定为非正常的妹妹。

19

　　我刚进门，就遇到一场前所未有的风暴。首先，母亲在鞋店接到一个电话，这是不被允许的，第二，我还把琳达和她的同班同学称作呆子。她从来没听过这种事，我怎么可以这样，之类的……

　　但我准备竭尽全力。

　　"是你让她进了那个班的。"我冷冰冰地说，看着她时的感觉是从未有过的，但这毕竟也是我的一部分。可她并没有为自己辩护，而是藏在一种仪态里。这种态度对我的影响日益趋微。

　　"但是，芬恩，你看得到她是什么样的！"

　　我显然看不出琳达是什么样，我也这么说了。"你没长眼睛吗?"她坚称。

　　我重复道：

　　"是你让她进了那个班的。"

　　"但是你不明白吗？否则……否则……"

　　"否则怎么样?"

　　"否则她就要去别的学校了。"

我需要几秒钟的时间消化她这句话里的意义。

"利佩恩?"我不敢置信地呢喃。这是一家位于托尔舍夫达伦另一边的智障学校,用孩子的话来说是牛棚、监狱和厕所的合体,是地球上最让人感到耻辱的地方。

母亲再次用手捂住脸,一副可怜人的模样,让你只想使她早日摆脱苦痛。可我的天哪,她是个成年人啊。如果你没有抗争的意愿,一切还有什么意思呢!

"我再也忍受不了了,"她咆哮道,"我再也忍受不了了。"

我也是。我走了出去。

那晚,琳达和玛琳的一个小妹妹玩。母亲和儿子有机会独处了,几乎可以。电视坏了。克里斯蒂安的一个朋友穿着一身白色制服现身,配备着一个重达一吨的工具箱。里面有各种管子和保险丝,装在可拆卸的小托盘里。当然,围观他打开电视后盖,检查里面患了硅肺的肺部、心脏和血管,会很有意思。我也说了,那些东西,就是内脏,不是吗?但他只是一脸认真地看着我。

"不是,这是技术工具。里面没有任何人类相关的东西。"

"但里面是有冲击的,不是吗?"

"什么意思?"

"它会给你冲击,对吧?"

"插上电后,是会的。那个叫电。"

"哦,对的。"

168

"你不知道电是什么吗？"

"不知道啊……"

"电啊，你肯定听说过的。"

"没有啊……"

"芬恩！"我听到母亲从厨房大叫，用的是她最为尖利的声音。我也回叫了，表现出最讨人厌的样子。只要我们扮上了这两个角色，就很难甩掉了。但角色的好处就在于，至少你不用浪费时间去想应该怎么办了。我问那个男的我是不是应该把电视插上电，这样他就真的能体会一下电击感，也许还能倒地而亡。接着，母亲现身了，把我拖到厨房里，问我到底以为自己在玩什么花样。

"也许我该从特殊班开始上。"我道。她的表情威胁着还要再来一波责骂，但我机智地退缩了。接着，我被某种不一样的东西击中了。

"我想看照片。"

"什么照片？"

"我父亲的照片。"

"你在说什么？"

我走回客厅，问那个男的我能不能借把螺丝起子。

"拿去。"

"你有大一点的吗？"

他给了我一个大一点的螺丝起子。我从母亲的雷区穿过，回到卧室，把螺丝起子伸进上了锁的梳妆台抽屉上方的裂缝，坐在她床上——我和这沉重的铁撬间有两米的距离。目前这东西还没造成什么破坏，但威胁就在那里，一件等待完成的行为。这让母亲大惊失色，她跟在我后面跑进来。

"你说她像他。"我说。

"什么？"

"你说琳达像我的……我们的父亲。我想看看是不是这样。"

母亲几乎已经快要默认了，就在我快要说出第二句话时。"你是她的母亲吗？"

"你到底什么意思？"

"你是不是她的母亲？"

"芬恩，拜托！"

眼泪顺着我的脸颊滚落，我几乎觉察不到。

"你说她不只长得像他，"我说，"她还长得像你。"

她站了一会儿，接着坐下，开始抚摸我的头发，笨拙地揉乱它，但第一次，我并不介意。于是，我们坐着看那把巨大的螺丝起子，老旧的木把手染上了油脂和黑油。我们都担心这一刻将转瞬即逝，这明显的和好迹象。

"这很难解释，芬恩，"她道，"但我说的不是那种像，不是血缘的相似。"

"那是什么意思？"

"也许我们有过同样的*经历*，在童年时代……"

"不好的经历？"

她考虑了一会儿，说：

"是的。"

我也许给她造成了一种印象，好像我明白她在说什么，尽管我并不想继续听下去了。她将我脸上的几根碎发拨到一边，身子前倾，从床边桌子的抽屉里举起珠宝盒，打开，给我看一张纸。那其实是盖过章的文件，能证明我是谁，芬恩，某年某天的早上八点半出生在埃克尔医院，是起重车司机和她的儿子，连芬恩这个名字也有，因为他们打算要小孩的时候，就已经决定如果是个男孩，就用祖父的名字。

"那是我拥有的最宝贵的东西。"她温柔地说。

"是吧。"我低头看着文件说。上面还有一个医生的签名。

"这也是我为什么把它放在这个盒子里。你明白吗？"

我点点头。她举起信封，给我看里面确实没有东西。

"而且这里面没有别的出生证明，看到了吗？"

我再次点点头。她喂给我的每句话都像是减轻了我心头几公斤的重量。"只有这一张。"她继续道。

"嗯，嗯，嗯。"我道，主要是自言自语。

她把出生证明放回信封，拿出一把小小的钥匙，走到梳妆台边，把螺丝起子取下来。

"可以给你看一张，"她道，把钥匙塞进锁眼，"我们的结婚照。"

"没关系。"我说着起身。我发现虽然在特殊班这件事上，她的做法实在比没用还要糟，但她毕竟还是我的母亲。如果说这次冲突开始时，这并不是我们的争论重点，但显然它现在已经变成了讨论的核心，所有重要的问题都得到了肯定的答案。没有什么别的好做的。我抓起螺丝起子，拿回去，再次致歉。

"好吧，"她在我身后说，"现在你至少知道钥匙在哪儿了。"

20

几天后，克里斯蒂安和我们一起吃晚饭。我一整个下午都在忙着给塔尼亚写信。这封信里除了提到像罗马尼亚、摩尔多瓦、阿尔巴尼亚之类的名字，还会涵盖我整个无比美妙的人生，其中还夹杂着将一切串联起来的同样庞大的痛苦。

但第一次，我居然找不到合适的语词。

在几片面包片和一杯牛奶中间放着一瓶红酒和两个长柄玻璃杯，母亲通常是把它们存放在餐具柜里的，照理说只有在除尘的时候才会拿出来。琳达心情很好。她拟了一张清单，列举了四样可以做三明治的东西，让我们投票。与此同时，克里斯蒂安则在谈论造成上万人丧生的波斯地震。他解释里刻特震级是什么，还说我们能生活在挪威有多幸运，因为挪威并不处在两个地壳板块的分界线上。妈妈在一旁喝着红酒，时不时用餐巾碰碰嘴唇。她脸上带着一抹微笑对我说：

"想不到你会站在校长面前说那种话。"

"是啊，这小家伙确实有点儿不一般。"克里斯蒂安抓住机会，咯咯笑道，但母亲一瞪他，他立刻安分了。那一瞪的意思是，她居然要在这里从一个房客的嘴巴里听到可能被推断为批评的话。

"我还可能做什么呢?"她两颊通红地叫道。

"有问题的不是孩子,"克里斯蒂安嘟囔着,"而是他们坚持把他们归到……"

母亲来帮他的忙。

"特定的门类里?"

"呃……是的,没错。"

他强颜欢笑,四处张望着找寻出路,看到了琳达。"怎么样呀,琳达?"他道,嗓音隆隆作响,"喜欢学校吗?"

"喜欢。"琳达说着跑进房间,拿出练习本和一支铅笔,开始写应该是字母的东西。母亲不得不用手遮住眼睛,克制住自己的情绪。

"你为什么总是这么大声地和她讲话?"我问克里斯蒂安。

"我有吗?"

"有的。"

"我都没有注意到。"

"你想说什么,芬恩?"

母亲已经把手从眼睛上拿下,正用双眼看着我,表情颇具威胁意味。我把头放在桌面,转而面向厨房,轻柔地呼唤:

"琳达?"

"嗯。"琳达道,在桌子另一头的她,完全沉浸在乱写乱画中。

母亲似乎有些心事,而克里斯蒂安又表现出他似乎错过了机会。接着,不知为何,他大发脾气。但母亲立刻将一只手搭在他的手上——

瞬间，我看到了，不仅是琳达对我们做的一切，展示给我们看我们究竟是谁，揭露我们的身份，还有这个失控的男人空洞的脸。有一秒，我失了神，在想我是不是终于要告诉她我的肋骨出了什么事，在无尽久远的过去，那个冷到彻骨的冬季，房客在我后面滑雪，用他的话来说，试着让我理智些，这样我就不会告诉母亲他曾说琳达是智障。在这几个月间，我闭口不谈这一致命的秘密。也不知出于何故，我就是不肯说。而她那只想让他冷静的手就搭在他的手上。那只亲密的想要安抚的手，之前就曾搭在那里。

　　我起身，进入客厅，打开电视，看起儿童节目，没有在意一只收养椋鸟的盒子有多大，没有听见对瓦尔迪兹[1]一所学校里男子仪仗队的评论，有多种乐器经过，法国号，单簧管，喇叭……这时，厨房又爆发了一番争吵。克里斯蒂安跳起身，往自己房间走去，只是在半路就被母亲再次响起的尖利嗓音拦截。

　　"今天我们原本是要好好庆祝的，不是吗？"

　　他们是要庆祝母亲升职了。她也将在衣帽部门就职，也不完全算是升职，但这很有可能意味着她的薪水会多一些。

　　我还有一封信要写给塔尼亚。

　　到现在为止，我已经写了两篇关于假日的文章，一篇关于我和琳达在小岛，一篇是写给弗雷迪一号的，关于他在同一个小岛上的时光。我们一起度假，待在各自的帐篷里。弗雷迪一号的帐篷是绿色的，不那么

1　瓦尔迪兹：美国阿拉斯加州南部港市。

惊艳。他终于有一次没让自己丢脸。而且我让他写下字条的钱，只是他提出价格的一半。我们都从中获了益。

那么，这封写给塔尼亚的信究竟有什么难的呢？

首先，塔尼亚有没有期待从我这里收到信呢？很难说，我这么神秘。我有一束额发，比她矮一点，直到最近才和她说上话。而且当然了，信确实有些特别。每次一发生什么严重的事，就会有一封信来。只有重要到不能大声说出来的事情才会写进一封信里。信的目的是整理，用各种方式。它们是作为白纸黑字的证据而存在，是法律意义上系统的表达。信是永恒的——终于，阻碍消失了。

我关上电视，走进自己的房间，给塔尼亚写了一封四页纸的信，甚至还流了一些眼泪，是那种母亲称之为有益的泪。因为缺乏值得开心的事吧，我猜想。我把信塞进一个信封，在信封上写下她的名字，塔尼亚，这个词几乎和罗马尼亚一样震撼人心。接着，我坐着冥思苦想，是否需要在上面再画上一张邮票，最后决定这种做法太幼稚，便去安分地读起《无名战士》。此时，厨房的桌上出现了另一瓶红酒。

我不常在琳达之前上床，但不到一周的时间里，这件事已经发生两次了。我再次通读前面七页。像琳达一样。但我已经写了一封重要的信，感觉一股发热般的不安从我的指尖流出，通过笔尖落到纸上，变成整洁的字迹。我体内的图像突然出现在那里，如此可感，可供阅读——而母亲因为触碰了房客的手而激活的秘密依旧沉睡着——但为什么呢，到底是为什么？克里斯蒂安的脏衣服成了我们脏衣服里有机的一部分，条纹背心、袜子和大的工会裤子，和我的衬衫、琳达的裤袜在地下室的晾衣间并排挂着。那已经是一家四口小家庭的衣橱。街上也有些闲言碎语。

"你妈和你们那个房客在搞什么？"

他几乎每晚都坐在厨房餐桌前。他站在楼梯上和弗兰克聊天的样子仿佛两人是邻居。他甚至参与了当地社区工作，在下边的巴士回车道边上建造新沙坑。别说他还越发频繁地评论琳达和我，好像和他有什么关系似的，把你能在其他父亲脸上读到的常备表情摆给我们看。所以我为什么还不告诉她我肋骨的事呢？

因为我不信任她，无论她多么严加看管她首饰盒里能证明我身份的文件，这文件都无法说明分毫。不过那时的我至少还有塔尼亚……

2 1

好吧，我从未将这封信送出去。尽管我把信放在书包里背来背去了一段时间。而仅仅知道这信在我包里——我每天早上把它挥到背上，放在学校操场入口处其他书包，学校称之为"躺着的书包"旁边，架到头上，打架时也在身上，把它扔到冰面另一端，里面放着我的铅笔盒和书本——就好像四处行走的我体内有了一股巨大的力量，一种隐含的能力，一枚等待爆炸的手榴弹。想到我随时可以掏出这封缓解了我内心不安的信，摔到塔尼亚书桌上，这种冲动就足以战胜每次想要送出信却又丧失勇气时我体会到的一切挫败感，因为我在塔尼亚身上发现了某种东西，让我感觉也许她和母亲一样，不配拥有这封长信。毕竟，这种信你一辈子只会写一封。唯一一次，你掏出真心。与之相比，接下来的所有信都将黯然失色，沦落为复刻品与伪造品，因为它们都是基于第一封信而作。第一封，也是唯一的一封。你不会在你人生唯一一封信里甜言蜜语。你只说真相。

九月末，奇迹终于降临，也是以一封信的形式。那是一个周三，是一个仿佛混淆了季节的夏日。我以异常飞快的速度跑回家，计划着在门廊来个急转弯，到街上看赛车。就在这时，母亲突然出现了，比平常早了两个小时，和接完校长电话时一样的愠怒。手里拿着一封信。

"这也是你干的好事吗？"她咆哮道。

信就像左轮手枪的枪口，被塞到了我的鼻子下面。我一头雾水。信上的打字机字体写着琳达下周要被转到原先注册的班级试课，信如是声称，还说"经过了仔细考虑"，也"经与特殊班级老师及学校护士商讨"……弗林特斯通致以问候。

"不是啊。"我说，这是真话。

然而，我想我看起来肯定是犹豫了一下。每次母亲围堵我时，我都是这样。你有很多方面需要考虑。不过，她把这种反应当作认错，大步走出房门，去隔壁街区找埃里克森。他有一台电话。因愤怒而颤抖的她给校长家打去了电话。

回来时，她不那么火冒三丈了，倒是显得疲倦，并立刻开始整理一个橱柜。当她想一个人静静或是双手不知道要干什么的时候，她都是如此，将毕生积累下来的东西拾掇干净。它们唯一的存在理由是，人们知道它们就在那里，会感到心安。

然而，让我惊奇的不是我所受到的责备，而是琳达终于被允许去正常班级上课，竟然会是如此可怕的事情。所以我就问了。她立刻来到了悬崖边缘。

"因为我不能再承受更多的失望！"她朝着愚蠢的橱柜尖叫，"你就记不住吗？！"

"失望……？"

我肯定出现幻听了。

"好吧，你想象一下，假如她做不到！我要如何承受呢！"

如果我能再机智一点，或者大个十八岁，那我这样询问母亲也就会是理智之举：琳达之所以被送进特殊班级，只是为了母亲能避免产生可能的失望情绪。相反，我犯下了死罪。我问的是，她的一生中是不是真的有那么多事情令她感到失望。你们明白的，我不可能每天都记着我的父亲、他们的离异、寡妇抚恤金和她童年时经历的可怖事件。她站在我面前，直截了当地问我是不是在和她开玩笑。

我必须回到自己房间，读一下我写给塔尼亚的信，但愿它能对我产生往常的效果。可是还没过几分钟，她就进来了，坐在琳达的床上，说：

"对不起，他们给她转班显然不是你的错……"

"不，真的不是。"我说。

"但愿她能做到。"

"她当然可以做到。"

可是她的眼睛甚至变得更为忧伤。她发现艾米莉睡在琳达的羽绒被下，便抓住她，让她坐在自己大腿上。这破布娃娃身后是两段支离破碎的童年。

"她和我太像了，芬恩。"

"嗯……"

"谁都能看出来。"

"你没有去特殊班级，对吧？"我试着说道。

"不，我没有。我不是说……"

"好吧，那究竟是什么呢？我大声道，试图让她把折磨她大脑的事一次性倾吐出来。那些事也许也折磨着我。这样我们就不用再像从前一样。而她说了些琳达注意力不集中、不协调，还有一系列听起来像拉丁语的词。这些我都不大懂。她也放弃了和我解释。

"你总有一天会明白的。"她总结道，也看到了我并不那么费心想要掩藏的信。"你也收到信了吗？"

"没有，这是我写的。"

"写给谁？"

"塔尼亚。"

"谁是塔尼亚？"

"嗯。"我支支吾吾，直到她想起我春天丢的丑。还是那个塔尼亚。当时我还以为，既然我们人已经够多了，那也该让塔尼亚来和我们一起住，这样她就不用踏上如今我知道是罗马尼亚这样一个国家的遥远征程。

"是你想让她住过来的那个人吗？"她大笑，拍拍羽绒被，示意我坐下。然后，她开始告诉我，我不可能用一辈子去为各类事情感到抱歉。她提醒我，我总是想要把猫猫狗狗带回家领养，这样你的生活会一团糟的，芬恩，如果你认为你来到这个世上是为了拯救别人，比如那个弗雷迪……

我表示不同意，说那时间该怎么度过呢。与此同时，我再次意识到，自己多么怀念能够坐在这里的时光，不用尖叫，也不用大吼，听她说现在我们必须把精力集中在琳达身上了，母亲和我。我答道，几乎颇具胜利意味，我们不用担心琳达，因为她已经能阅读了。

"不，她不能，芬恩。"

"哦，可以的，她能读，而且她才一年级。反正其他人也都不识字……"

"但其他人没有一个像我们这样奋力地练习，一整年几乎天天如此。我们几乎……"

"我说的是真的。"我的声音没有升高，但我很坚持。母亲好像又要旧病复发，厉声大叫，但她似乎开始思索着什么，仿佛我说得挺有道理。她问那为什么她们俩在一起看书放松的时候，琳达连最简单的词都读不出来。我说：

"她嫌麻烦吧，我猜。"

"你又在跟我开玩笑了。"

"不，我没有，"我说，"她能读出来，甚至是她以前没见过的词。"

"但愿如此。"母亲叹了口气。

"她人呢？"我问。

"在双胞胎家。"

我起身，穿过走廊，按下叙韦森家的门铃，带琳达回卧室。这时的母亲腿上还抱着艾米莉。她疲倦地笑笑，摩挲着琳达的头发，问她今天怎么样。琳达像往常一样，回答说，一切都好。

我让她在母亲边上坐下，把我给塔尼亚的信给了她，让她念一下。

"我不会啊。"她带着嘲讽的笑回答，让我来读。但不行，这次不可以。她很困惑，看向母亲。不过，第一次，没有人会帮她。母亲已经准备好用一只颤抖的手遮住眼睛。因为这不仅是大学入学考试的问题——在这个家里，还没有一个人有机会考过——这还是在基本生存技能上，一场博士层面的口试。

"我还小呢。"她说。

"见鬼去吧。"我说。

"我一定要读吗？"

"是的。"我重复道，这是生死攸关的事，母亲必须得依靠铁一般的意志才能保证不叫出声，"好了，结束吧，芬恩，我们走吧，去吃饭，别烦琳达了"之类的。

琳达闷闷不乐地看着信纸，深吸一口气，读道：

"此信致以每年都把所有东西打包好前往罗马尼亚和撒丁岛旅行的塔尼亚……"然后，当她磕磕绊绊但几乎成功地念出不可能的"捷克斯洛伐克"时，母亲气势高昂，开始以一种我宁愿不描述的方式做出反应。

"是我错了！是我错了！"

琳达的眼睛因惊恐睁大。她被笨拙的拥抱攻击，我以为那是太过愉悦的关系，尽管那也更像是折磨人的死亡。母亲跳起身，按住她的前额，仿佛她无法记起自己的姓名，或家住何方。而琳达则显得更困惑了。我则设法把信抢过来，以防更真心的部分被读出来。我把信塞进书包，带着琳达到厨房做点菜。我们要做炸肉饼。

"要加洋葱。"琳达说。

"加洋葱。"我说着从冰箱拿出椭圆形的铝制罐头，给了她一把切菜的大刀，展示给她看要如何剥洋葱。像这样，像这样。然后，我们开始做已经半熟的炸肉饼。只需将肉饼放到平底锅里，加上一块混合奶油。我一直喋喋不休着，因为我隐约有个概念，就是我应该拖时间。时间越长，母亲最终出现在厨房做饭时就会越镇静。这就是一个儿子会知道的事情。鬼知道他是怎么知道的。他的母亲迟早会恢复理智，接下这里的活儿，只是对着一片狼藉放声大笑。

她确实这样做了。关键的时候，母亲是不会让你失望的。瞧，她来了，眼眶已擦干，精力恢复后很平静，说道：哦，干得不错，然后抢过菜刀——正如我所说——接下了这里的活儿。母亲是当家的。与此同时，琳达和我面对面坐着，手拿刀叉在桌上击打，反复喊着"沥青"和"柏油碎石"，声音越来越大，速度越来越快，直到琳达大笑出声。

这是弗雷迪一号的神奇公式，他至今仍到处念叨。我怀疑，他这么做的唯一理由是，他认为这些是优雅的词汇，不然就是他脑子有点问题，总在想着这些词——他满脑子都是些奇奇怪怪的词，红色的词，绿色的词，几乎无色的词。最终，这些词听起来都像在呼求别人的帮助。

22

很快就要到琳达生日了。而这一次，她站在了新的高度，一个新生的婴儿，一个天真的孩子，所以，那一天不能只像我们其他人一样，只是走个每年一次的流程。这也标示着琳达在阅读比赛中无与伦比的表现。我们要邀请街上能召集到的所有小姑娘，母亲准备烘焙糕点，玛琳唱歌，克里斯蒂安变魔法……

那我能干吗呢?

什么也做不了，我知道，我似乎被某种东西桎梏住了。我开始一直待在外面，直到深夜。我坐在哈根的树上，或者防空洞里，或者念叨着要在阁楼整理出一个房间，一个没有克里斯蒂安的临时住所。而当母亲有一天问我，要不要也请一些我的朋友过来时，我爆发了。

"在琳达过生日的时候?"

"是啊，会不会很奇怪?"

"嗯……会的，事实上非常奇怪。"

"埃西怎么样?"

"我不怎么和埃西玩了。"

她许久没有说话，也许是因为害怕我提到弗雷迪一号的名字。但不一会儿，她自己提出了这个建议。

　　"那个弗雷迪，他能来的，对吧？"

　　这件事很快就敲定了。于是当夜晚降临，我把我的夹克和鞋藏进了地下室的自行车室。第一拨客人来了，是那对双胞胎，造成了不少混乱。这时，我已经成功地悄悄溜了出来，下了楼梯，迎面撞上了另一个客人。几乎是真的撞到。面前的是弗雷迪一号，他正把什么东西往身后藏。

　　"你要干什么？"我问。

　　"嗯……我不知道。"他不安地说。

　　我们站着凝视对方。这场会面其实不该发生，对于我们俩都是，我知道。接着，又一个客人出现了，简妮，背挺得比以往都直。我终于可以溜进自行车室换衣服。

　　我走了，沿着街区往前，进入埃克尔伦德维恩，沿着利亚维恩转向右边，往前来到相对陌生的领地。我以前骑车来过，和朋友一起。但骑车是一回事，走路的时候，你离地面更近，也不那么灵活。时间与空间上都是如此。更多的，准确来说，是存在于陌生的领域。在我身边的是花园和排成行的独立小屋，里面充斥着私人生活和穿着温暖毛毡拖鞋的禁欲人生。接着开始下雨，逐渐演变成暴风雨，雨夹雪。经过市场花园后，我发现自己正站在自家街区锅炉站的对面，再次被一种奇怪的感觉俘获：回到家，一切未变是怎样的一种体验。

　　可我还没走过一半街区，就看到大约有十四辆的彩车沿街停在这里和加姆勒哈根的分隔栅栏边，被喧嚣的扬声器和颇为异域的噪声包围。

186

这只能是马戏团的音乐。我记得听到过消息，说有个集市要来汤森，会有幸运轮、"翻筋斗"赌戏和马口铁罐头堆成的金字塔，你可以拿小袋豌豆去砸。还会有一个射击靶场。

吸引我的其实是后者——我之前真的用过气枪，在奥斯特赫姆的时候。我还是个不错的射手。托尔舅舅说我是个天才。现在也不下雨了。毕竟现在还只是十月。差不多是晚上七点多的时候，最后一缕残存的阳光照在我的身上。不仅如此，我的口袋里还有七十欧尔。

但有人在排队，雷蒙德·瓦卡纳格尔和他的左右手在组织。射击靶场里一场激烈的争吵正在愈演愈烈。吵架的一方是活力四射的店主，一个宽肩的大块头，讲瑞典语的方式让排队的人觉得甚是有趣。另一方就是刚刚提到的瓦卡纳格尔。他正因什么事而极端愤怒。我听到了欺骗、游客、渣滓之类的词被抛来抛去。

我还没能更加深入地了解这件事，就看到了塔尼亚。在茫茫人海中，我的塔尼亚。和往常一样难以觉察，坐在一张摆在恐怖房间入口处的折叠椅上，仿佛她是来看守的。发现是她先看到我，再等我去发现她，是一种快乐。而且那个微笑，我想肯定是因为我，她的眼光下垂后才出现的，既愉悦又优雅。这点几乎毋庸置疑。

这就让我有了继续注视她的机会。这次有所改变，我是从前面看的。眼前这一幕真不一般：她那条红色花裙裙边下的双膝紧紧并拢，和母亲在鞋店的模式一样。那膝盖挺尖的。太尖了？我呢，一直喜欢圆膝盖。不仅如此，她的小腿是多么细，从膝盖向下全部向一个方向去，就是往里，直到一对瘦骨嶙峋的脚踝深入一双褶皱的袜子和巨大的老妇女鞋子里，是奶奶会在摇椅上穿的类型。别忘了她的头发。那条美妙闪亮的墨色瀑布现在被分为两股，从神奇的莫迪里阿尼[1]脸颊两边垂下。而那脸，我说过，她有意无意地想要藏起来。我从来没有想过，那张脸不是因为我而低垂。那张脸永远是为我而存在。无论我从前面还是后面观察她，那都是我的头发。它的造型和梳洗都是为了我。接着，我的耳朵里感受到一股湿润的气息。

"该你了，芬恩，但我真觉得你应该为这蠢蛋脱靶一次，这里面肯定有猫腻。"

瓦卡纳格尔是那种会建议别人当心的人，但我已经开始了一些事，我必须完成它。所以，我在柜台上放下五十欧尔。那个大块头就把一个锌碗伸到我面前，里面装着五个五颜六色的飞镖，还有一把陈旧无比的来复枪。我用手掂掂它的分量，观察着：枪托上的划痕，年份，磨损。我打开枪膛，上子弹，但正当我要将第一个飞镖装入枪管，我开始颤抖。飞镖从我的手中滑落。而当我弯下身去捡——每个人都觉得好笑——我再次闻到那不可能错认的花与汽油的香味。

"这枪管有点变形。对准右边。"

我挺起身子，把飞镖装进枪管，没有环视四方，瞄准。

"不许支撑。"瑞典人说。

我一脸疑问地看着他。"不许支撑！"他甚至更激烈地重复道。

---

1 莫迪里阿尼（Amedeo Modigliani, 1884—1920）：意大利画家，以形象颀长、色域广阔、构图不对称的肖像画和裸体像著称，主要作品有《里维拉》《新郎和新娘》《躺着的裸体》等。

"他甚至都够不到柜台。"瓦卡纳格尔说。

大块头鄙夷地看着我。

"那好吧。"

我甚至不知道他们在说什么。

"把你的胳膊肘撑在柜台上。"瓦卡纳格尔命令我。

我照他说的做了，我已经撑起了枪，眯眼，稍微往右瞄准。打入内环，九分，中间偏左。我第二枪再往右瞄准一些，结果离中心又近了点。第三发正中靶心，如果是这么说的，十分。最后两枪也打到了准确的位置。台下欢呼一阵高过一阵。

不过那不算正中靶心，我得知，但四十五分已经足够拿到奖品，塔吉泳裤或者一袋扭扭糖。

"拿糖果吧。"瓦卡纳格尔说。

但泳裤上有虎纹，所以我拿了泳裤。这时，我和塔尼亚的眼神相遇了。她又回到了椅子上，依旧是那对让人无法抗拒的膝盖。

"你要再玩一次吗?"瓦卡纳格尔问道。

"没有钱了。"

"给你。但这次要拿扭扭糖!"

又一枚五十欧尔的硬币被放到了柜台上，大块头又把一碗飞镖塞给我，他微微叹了口气。

"不许支撑!"他又说了一次。这次，他是说真的。

"别犯傻了。"瓦卡纳格尔加入进来。

"没差的。"我说。

瓦卡纳格尔放弃了，人群也沉默了。我上膛，选择了一个合适的姿势，左胳膊抵在髋骨处，再次打中四十五分。又是一轮欢呼。这次我选择了那袋扭扭糖。瓦卡纳格尔接了过去，在他认为应得的人中间分发。而今天这类人很多，是气氛所致吧，我猜。

　　"老天，芬恩打败了那个混蛋，是不是啊，伙计们。再来一个。"

　　又一枚五十欧尔哐当一声落在柜台上。这枚光滑闪亮的硬币一定来到了自己作为硬币的生涯之巅峰，通过情绪高涨的显微镜看到的毫无怀疑的标记，每一丝挪威布哈德犬的毛发都清晰可见，它咆哮着。不过，如今一种东西真的在我的体内酝酿起来。塔尼亚透过两股瀑布间穿过恐怖小屋投来的凝视，我可笑的逃跑的企图。这个秋天结果并没有比春天好。也许是托克里斯蒂安的福。绝对还有那精彩的生日派对，此时此刻就在我们家公寓举办，而我不在。

　　但我无法把眼睛从最上面一层书架上移开，那里至少有六只巨大的泰迪熊——四只粉色、一只淡蓝色、一只黄色——排成一排，组成射击靶场的主要景观。下面挂着一块无法企及的牌子："四十八—五十分"。这意味着我得打下三个十分和两个九分才能把一个淡蓝色的泰迪熊送给琳达，解决我所有的问题。尽管这意味着无视瓦卡纳格尔的命令。

　　但那是我准备好要付出的代价。

　　无论如何，塔尼亚让我紧张的神经放松下来，就像那封奏效时的信。然后，第一次，在第三轮的时候，我拿到了第一个十分，我变得更加自信。接下来两下也是正中靶心。接着，我的双脚凝固了，无法带动我的身体。我必须放松两臂，把枪放在柜台上，深呼吸。我快晕倒了。

瓦卡纳格尔惊异地观察着我。

"怎么了，芬恩？"

"不知道。"我嘟囔着。

"闭嘴！"他对着聚集过来的人群尖叫，"芬恩在集中精神！"

这是看待这个问题的一种方式，我猜想。然而，事实是我必须跪在地上，把两手平摊在地面。不过，以这样难以置信的姿势蹲伏着让我恢复了精力。我直起身，上子弹——慢慢地，以一种催眠状态。面对着令人尊敬的沉寂，我举起枪，立刻打下又一个十分。这次没有引来一阵爆发的欢呼声，而是一声集体的大喘气。

我从哪里才能汲取力量射下最后一个十分？从塔尼亚那里。再一次，当我扣下扳机，我已经知道这将是一个十分。那个瑞典人也知道。当飞镖击中靶时，他发出一声低沉粗暴的诅咒。

"五袋！"瓦卡纳格尔欢呼道，不高兴的小摊主已经在数扭扭糖袋子了。这时我从塔尼亚那儿得到了信号。

"不，"我坚决地宣布，"我要泰迪熊。蓝色的那个。"

一切都安静了。

"啊？"瓦卡纳格尔说。

"是的，"我依然坚决，"我要蓝色的那个。"

瓦卡纳格尔环视四周。但我感觉自己立场坚定，而他作为社交天才，立刻摆出肉感的笑，拍拍我的肩膀。

"当然你能得到泰迪熊，芬恩，"接着，他轻声在我耳边说，"你这小混球，小杂种。"说着，像个拳击场上的裁判一样，他举起了我的右手。

我抓起和我一般大的熊，和塔尼亚最后一次交换眼神，准备接受她绝对赞许的点头示意。可令我惊恐的是，我看到她向我翻了个白眼，看向别处了。

什么？

我挤出大笑的人群，跑开了，突然感觉自己无比愚蠢。当我经过七号时，我发现自己再次得到了关注。是一群在跳绳的小女孩。她们叫着我的名字，而我现在已经太老了，我从内心深处知道这一点，安然无恙地背着一只巨大的泰迪熊四处跑。这只人造怪物一路上已经带上静电，让我的头发翘得比以往还要厉害。我已经累到精疲力尽，爬上台阶，把这怪物般的动物和塔吉泳裤甩在走廊地上，冲进自己的房间，把自己关在锁上的门后。

"你在里面吗，芬恩？"琳达叫道，门把手转得哐当哐当响。"开门呀，拜托。"

说起来容易做起来难。塔尼亚翻白眼到底是什么意思？

我太清楚她是什么意思了。那才是问题所在。我做了错误的选择。在她和琳达之间，我优先选择了琳达，这是无法原谅的，幼稚的，被人嘲笑的——那些更习惯有兄弟姐妹的人会犯下这么可怕的错误吗？当然不会。兄弟姐妹是你恨的对象，你不会用庞大的泰迪熊将他们压倒。他们强占你的房间和食物。他们挡在你前面，不是太大就是太小，不是太聪明就是太愚蠢。我选择了多愁善感而不是辉煌伟大的路径——我完全掌控了塔尼亚。不仅如此，我还抵抗了瓦卡纳格尔，明目张胆地，把他的五十欧尔换成了世上最愚蠢的熊。

"快点，芬恩，开门！"

"不开。"我说，不是那么大声，但这次尝试也不是很糟。母亲在哪？

"开门，"琳达不断纠缠，"你是不是在藏什么？"

她听起来甚至有些好奇。"小熊太好了。"

"那个该死的熊！"

"嗯？"

"那个该死的熊！是我自己要的！"

最后，是母亲的声音，陌生，无忧无虑：

"别捣蛋了，芬恩，不然克里斯蒂安就要把门拆了。"

"弗雷迪一号送什么给你了？"我鼓起全身的力气问。门的另一边传来更多的笑声。接着是一连串动作的声音，一张椅子，炉灶上的球状开关，后面左边的壁炉搁架，不会错的，咖啡壶的架子，聊天，汤碗，茶匙——我只是被日常生活淹没，我能做的只是转动锁上的钥匙。琳达打开门，进屋感谢我送她的熊。

"太感谢了。"

派对开得真够可以的。弗雷迪一号终于没有在所有年轻姑娘面前出丑，但他也吃得挺好。克里斯蒂安的戏法大受欢迎。玛琳的歌唱表演和游戏也是。克里斯蒂安，这满足的派对后的家庭男子，现在把袖口卷起，在自己的主场。他并不比蓝色泰迪熊好，他的悲惨境地就跟我的逃跑无人发现一样。琳达甚至都没有发现我不在，直到我回来。而母亲决定无视这件事，当我们围坐在晚餐桌边吃剩菜、蛋糕和糖果时，我意识到了这一点。大家互相交流着对宾客的友好评论。这项消遣我也可以加入，仿佛我根本没有逃跑，而是履行了长兄的职责。

"对啊，现在你们两个能睡个好觉了。"母亲道，当我们最后都躺上床，母亲抚摸着我们的脸颊说。先是琳达，接着是我，再是琳达，再是我……因为在这么美妙的一天过去后，她无法决定应该最后摸谁。核心家庭就是这样，一切讲究对称。我以为我长大了，但事实上我还是个孩子，一直都是。唯一的区别是，现在好像进入了一个噩梦。

2 3

琳达在新的班级也不是一切顺利。或许是因为她不可能再举起一只手，一口气说出脑子里想到的第一个东西，就能得到表扬，被摸脸颊。我隐约有个想法，在这一切的背后是一套教育策略。不要再把琳达宠坏了，她已经被宠坏了。

但她也确实没有那么无助了。十月下旬，一节宗教课上到一半时，弗林特斯通不请自来，出现在我们教室里，站在亨里克森小姐旁边，一根黄色的长食指向下弯曲，招呼我跟他去走廊，便走了。

到了教室外面，他一语不发，阔步向前，步速之快，我必须小跑才能跟上他。我们穿过所有的门、大衣，沿着一段楼梯向下，一直来到餐厅边上。琳达和她那位年迈的老师，牧师萨穆埃尔森，仿佛正在进行激烈的家庭争吵。

"我要妈妈！"她咆哮着，冲到我怀里，双臂环绕我的脖子。

我是第一次听她用这个词。她的意思毋庸置疑。

"这样已经快一个钟头了。"弗林特斯通断言，看向我的方向，眼神里带着责备，仿佛是我想要拯救她的愚蠢请求造成了眼前这个局面。然而，由于我不懂他这番话有什么目的，他怒气冲冲地补充道："所以我觉得你应该带她去找你的母亲。"

"什么？"

"你听到我的话了。"

没错。但找妈妈的傻孩子多了，他们只是被简单粗暴地勒令安静下来。为什么要放弃琳达？

弗林特斯通的黄色食指做了个旋转的动作，让我们快走。我们穿过大门，沿着洛伦维恩往下，都没带书包。琳达紧紧拽着我的胳膊，绝望之深，开始让我有些神经过敏。尤其是她不肯说是什么在折磨着她，或者说是什么原因让她落到了这样的境地。

"就告诉我到底是怎么回事！"我大叫。

我们来到玉米仓库边的电车终点站。一辆电车正在等着下一趟穿镇之旅。我们在尾部车厢外的露台上跳上车，站在那儿。当我们轰轰隆隆地沿着特隆赫姆斯维恩而下，我们至少有一些心事可想。这拥堵的交通和噪声，托尔舍夫达伦公园和辛森电影院。我曾在这里看过一部彩色电影。这给了我启发，开始给琳达讲一个非洲医药男、枪支以及和圣诞树一般高的泰迪熊商品交易会。这种故事会让琳达笑。这时，检票员打断了我们。他拿着检票机敲着门上的铜制小窗口。

我正要把六十欧尔放到碗里。看呀，克里斯蒂安正站在玻璃门另一边，看起来和我一样惊讶。还有些尴尬？他透过玻璃叫了些什么，发现我听不见的时候重复了一遍，接着便放弃了，出来到了露台上，关上身后的门，非常严肃地问我们在这里干什么。

"我们要去找妈妈。"

"现在不该在上课吗?"

是的,没错,应该如此。但是他担心什么?

琳达已经躲在我身后,悄悄露出脸来的时候脸上是疲惫的笑,因为这无疑是我们的房客。他出现在了完全不该出现的地方,一身制服让他看起来就像哈康七世。我们在叙韦森夫人周年纪念的盘子上看到过。

"你不要钱吗?"我问。

克里斯蒂安身子后仰,帽子都从脖子后面滑下去了。他凝视着天空。

"我在思考。"他的话颇为晦涩。

"啊?"

"我在想要怎么做啊,芬恩!你明白吗?就因为你和你这该死的妹妹。"

"反正钱给你,"我说着递给他六十欧尔,"两个儿童。"

"别傻了。"他反驳道,一把拉开门,回到其他乘客中间了。

我们在鞋店的遭遇也没有顺利到哪儿去。我们是不能去那儿的,所以,当我们偶尔出现时,母亲曾把我们藏在后面的更衣室里,我们就必须安静地坐着看书。这次我们甚至都没带书包。而不带一句解释地出现也不能让事情有所好转,因为琳达仍然不肯说这到底是怎么一回事。但她至少安静下来了,母亲还在拿一些鞋子到小隔间来给她试穿。我呢,则坐在一个小矮凳上享受鞋店的气味。这味道从我记事起就一直是我们家庭生活的有机组成部分。我在想,弗林特斯通脑子里究竟在想什么,居然这样把我们赶出来。

还有一点奇怪的是，母亲居然没有朝琳达发火。尽管她每次出现，都要问她发生了什么，没有一次得到答案。

回家的路上还是像往常一样，尽是废话。现在我再次感受到，母亲又要承受不住了。母亲决定回避一切，不看也不听。而当我们吃完饭，琳达被喊进房间做一张艺术纸的作业时，她泪流满面地说，她不能再面对更多的危机了。拜托，不能再有了。

"对的。"我说。

她看着我，一脸困惑。

"你说对的是什么意思。"

"我不知道。"

她看上去是要大发火的样子，但我甚至都不感到害怕，只是心冷。这时，她脱口而出，说这些倒霉的领养文件没完没了。我们被从头到脚地审查。学校、医生和任何你想象得到的公共组织都要发表意见，我们到底有多大的能力抚养琳达。

"我们要领养她吗？"

"是的，你不愿意吗？"

我当然愿意。她到我们家的第一天我就领养了她。但母亲是怎么了，看起来好像不愿意领养任何人一样。只是为了讲清楚这件事，我顺嘴提到了我们今天在电车上碰到了克里斯蒂安。

"在电车上？"

"是的，穿着制服。我们正要付车票钱，他就出现了。"

"在电车上？！"

这点实在让人费解。在我眼里也是这样。他实在不该出现在那里，但我看见他了，知道这不是幻象。我重复了三遍。这时，她摇着头坐下，看起来仿佛不知道该哭还是笑。但她又昂起首来。

"下一次你要记得把书包带回来。"她说。

"你是什么意思，下一次？"

"下一次，这就是我的意思。这种事肯定还会发生，相信我。"

我不懂。"看着我，芬恩。"她说着抓住我的肩膀，盯着我的眼睛，仿佛要看进我的灵魂。"如果真的发生了什么，你们两个必须要做模范学生。无论如何，你们两个都要，你明白吗！现在进去教她做算数。"

"但她现在还没有算数要做啊……"

"进去教她做算数，我说过一遍了！"

令人难过的是，母亲的话被证明是对的。弗林特斯通第二天就又出现了，用黄手指在全教室的人中间点出了我。我们沿着走廊和楼梯来到琳达嚷着要妈妈的地方。但这次我们没有坐电车。我们走回家了，用双脚，带着书包。做作业的时候，我们就好像已经上了瘾。

再过一天，一切重演。第三次。现在全校都知道发生了什么，塔尼亚也知道。她在空余的一分钟过来跟我说，说她感觉有人在作弄琳达。

"你是怎么知道的？"

她耸耸肩，试着逃离这一切。但第一次，她让人失魂落魄的美没能帮到她，再加上那只尴尬的熊还在记忆中清晰如初。"你是怎么知道的?"我带着无法掩饰的愤怒重复道,但我得到的只有她柔情似水的笑容。我看着她走向那群女生,那群她无法融入的帮派中间。她的样子预示着她永远不会融入任何地方。她在琳达身上看到了自己的影子。

今天,琳达也什么都不愿意说。我们再次走回家,做了作业。我威胁她,哄骗她,责骂她,甚至解释道,她必须告诉我发生了什么,不然,母亲就会撂挑子,永远离开我们!

都没有用。琳达只会拿着一支铅笔写写画画,舌尖从嘴巴左边伸出来,脸贴着纸,如此聚精会神,无疑已经游离到一个属于她自己的领域。挪威没有哪个小学,没有哪个困惑的同父异母的兄弟或继母能够追上她。琳达已经不属于这个世界,将来有一天我会明白这一点——她是来到地球的火星人,对着异教徒说别国的话,对着挪威人说法语,对着美国人说俄语。她是命运、美好和灾难。什么都沾点边。母亲的镜子和母亲的童年。再次上演。那唯一残存的碎片永远不会消失。上帝在她身上肯定安排了一个目的,一个秘密计划——但那个计划是什么呢?

"那是什么?"我问。

"一头长颈鹿。"琳达道,朝我笑笑。那表情显然表明她完全知道那东西既不是长颈鹿也不是金龟子。但又有什么关系?就算有像长颈鹿的长颈鹿,我们他妈的又能干什么呢?放到我们的存钱罐里?

最后一刻降临了。

我从珠宝盒里拿出钥匙,打开已经被锁了两百年的梳妆台抽屉,拿出一叠破旧的沙色信封。还有一本相册。我摊放在厨房桌子上。

"琳达。"琳达说，把食指放到我婴儿时期的一张照片上。

"不，"我说，"那是我。"

她不信。我们争吵着，直到我放弃。因为这时我的眼睛被母亲和那个无疑是我们父亲的男人吸引了。他们和奥斯卡舅舅、外婆、托尔舅舅和家里其他所有人在一起，看起来很正常。他们在沙滩上，森林里，坐在一个老式白帐篷外，每个人都拿着一个没有把手的咖啡杯。一张照片里，母亲和她身边的一个陌生人站在弗罗格纳公园的一座雕像边。据我所知，那个雕像叫"命运之轮"。另一张照片里，同一个男人和年轻的比亚内舅舅站在一块刚除过草的草坪上。两个人都一手拿着干草叉，一手搂着另一个人的肩膀，就像兄弟一样。这些都没有什么异常的地方。

也就是说，我什么都没有看到。我基本只看到母亲和玛琳一样漂亮，事实上更漂亮。而我们那个傻瓜父亲并没有那么像我们，不像我也不像琳达。总而言之，里面没有什么有趣的东西。

如果我真的曾经以为我们被某种疾病缠身——事实上我真的这么想过——以为病因会因为这些照片昭然若揭，就像X光射线一样，那我就完完全全错了。但那是否就意味着我们的身心就都很健全呢？

我坐着，手里拿着这张余生都将陪伴我的照片。它将在我人生每个非凡的阶段传递深刻的意义。那是一张汤森地产还在开发建设的照片。一片泥沼中有一台起重机，将一块混凝土摇摆到应该在的四号位置。我们的父亲就在起重机的驾驶室里。那是一九五三年的一个夏日。他以志愿者的身份做着社区工作，就像照片里其他的男人一样。那些和手推车、混凝土搅拌机在一起的男人，那些穿着格纹衬衫、系着背带、卷起袖子、头戴布帽的男人，正在为我们赚取生活在这里的权利。这本质上是一张令人自豪的照片，再怎么说也不会是一个让人尴尬的秘密。但他在这里也是隐身的，是一个操作着貌似铁鹭或绞刑架的起重机的隐形男子，正忙着把标好号的混凝土板举起，放到准确规定好的凹槽里，这样在接下来的几十年里，人们就可以在这里生活，吃饭，睡觉，养孩子。孩子会长大，遭遇秘密，隐藏秘密，而那些秘密随时都会在他们体内爆发。

这张照片一直被锁在抽屉里的事实让我心情沉重。我坐着，照片放在大腿上，把它放到桌上，用它敲击盐瓶，几乎有些脸带愧色。我透过我们新的蜡笔色百叶窗往外看。这百叶窗只有母亲知道如何操作，琳达和我只会让绳索打结。我看向对面弗雷迪一号的山巅，再看回那张照片，一个工作中的隐身男子的黑白照片。

我的照片。

琳达也找到了她的，一张母亲坐在一辆黑色福特车保险杠上的照片。我一眼就能看出那是一九三六年的型号。母亲穿着凉鞋和一条白裙子，头发里插着雏菊，像是因为从我或琳达这样的人那儿听到一句打趣的话而微笑。无论如何，那会是她爱的人。所有照片中最活泼的一张，抓取了母亲生命中无忧无虑的一瞬。那会是她不想再见到，或不想让我们看到的一幕吗？她微笑开心的时刻。

因为它属于过去？

我还找到我自己过去的照片，几乎都是我一个人，因为母亲拿着相机。其他照片是母亲和我两个人。除了玛琳今年夏天照的那些，里面的我和琳达还有鲍里斯在一起。我们看这些照片就没有问题，不是吗？照片就是用来看的。我们根据自己的心情把照片拿起、放下，感觉有些事情是对的，听我们的记忆用友好的语调对我们说话。不仅如此，我们和桌上那摞照片里的人一样正常。

"我要那一张。"琳达说着指向母亲的照片，走到厨房，拉开装着零碎物件的抽屉，拿出一卷胶带和一把剪刀，走进她的房间。而我收好所有的照片，最后跟她而去。

琳达把母亲钉在了她床边的墙上。

现在她正头枕两臂躺在那里凝视母亲。我把信封和相簿放回去，把钥匙放进珠宝盒，坐到我们放衣服的椅子上，看着那张照片。我们就这样躺着坐着。我觉得虽然挺好，但也有些奇怪，因为母亲和那时比，居然几乎没有什么变化，便在想这照片有什么特别的，居然需要藏起来。这时，她走进了房间。

我从她疲倦的眼睛看出，她今天上班又接到了一个电话，已经准备好和琳达再来一场无结果的较量，准备好面对更多她无法面对的事情。然而，事情恰恰相反。她发现了照片，停下来考虑该作何反应是好。她说：

"你看过那些照片了，我发现。"

她去把大衣挂在走廊里，回来坐到琳达旁边。我们一起看着照片。坐在汽车保险杠的母亲。照片在我们之间的墙上。她的反应和我看照片时一样，而且我感觉得到我们都在默默地考虑同一件事情：上帝啊，正常的生活真美好。

2 4

　　然后，幸运地到了周末。琳达和我比母亲先起来了，煮了鸡蛋，布置好餐桌。我们都吃了早饭，穿好衣服，搭乘去往福尼布机场的巴士。到了机场，我们搭电梯上上下下了二十六次，把五十欧尔放到一个机器里，这样我们就会被带到屋顶的露台，就能欣赏飞机，那些飞往安克雷奇[1]和罗马尼亚的铁制昆虫。这些昆虫还很奇怪，人能坐在里面。正常的人，像我们这样的人，用母亲的话来说，甚至可能都不会害怕。他们把帽子和手套放在前排座位背后的小口袋里，他们系着鞋带的鞋子和靴子踩在铺着地毯的地上。一个和琳达一样大的小姑娘把一只虎皮鹦鹉放在一个金笼子里，因为无论飞机里面是什么，外面几乎都是看不见的。

　　我是看飞机飞了三四次才明白，身边这么吵，你想叫多大声就可以叫多大声，反正别人是不会听见的。然后琳达也开始大叫。我们什么也听不见。我们站在那儿放声尖叫，你还是听不见一丝切实的声响。

　　接着，母亲也开始声嘶力竭地叫了。一开始有些怯懦，她肯定没有训练过，但慢慢地，她进步了。而我们也还是听不到她的声音——我们用自己最大的声音吼着，笑到身体两侧都疼。然后，我们进了一家餐厅，吃起华夫饼，彼此用耳语交谈。我们还是听不见——那时的我们，曾以为时光会一直这样下去。

回家的巴士上，我们坐在正后方。琳达把头搁在母亲大腿上睡着。母亲轻声问我有没有发现有人在操场上找琳达麻烦。我说没有，并表示，我也一直警惕着，尤其是上周几次我们被允许休息的时候。

"那在家里呢，街上的时候？"

我也没发现什么。但是……

"但是什么？"

"她叫你妈妈。"

母亲一时丧失头绪，望着外面的韦瑟尔斯广场。我们小时候带着背囊去过一次。然后，母亲问：

"那她这个夏天确实去学游泳了吗？"

"是的，没错。"

"正规地学了吗？"

"在海湾这一块。来回游。"

母亲点点头，嘟囔说玛琳也是这么说的，然后巴士启动了。车里没有其他人。现在是十月底的周日下午三点钟。巴士是空的。它嘶吼着，停下，打开折叠门。没有人下车，也没有人上车。它继续前行，就像什么都没有发生。日复一日。在我看来，时光像是会永远这样下去。

"你有没有跟谁说过，她害怕看电视？"母亲低语。

---

1 安克雷奇：美国阿拉斯加州南部港市。

"没有。"我回答，还说她现在已经不怕了，所以我就没说。

"你有没有跟人说过，她晚上会尿床？"

"没有。她现在也不这样了。"

"但她以前尿床的时候，你和别人说起过吗？"

"没有……"

"你确定你没有隐瞒我什么吗，芬恩？！"

"好吧，安妮－贝丽特以前说过一次，说我们的房间有尿味。"

"什么！什么时候？"

"啊，那是很久以前的事了……"

母亲想了一会儿，我猜她是在数日子，算出来她已经有六个多月没有在琳达的床垫上放塑料遮布了。四个月前，她给琳达买了一张新的床垫，已经什么味道都没有了。

她问了更多问题，关于我有没有和别人说了什么，直到我意识到这次对话其实是关于我的。而母亲是想消除可能降临在我们身上的危险。像我这样疯狂又鲁莽，很可能成为其中的一个危险源。仅仅几个月前，这还会让我怒火冲天。但现在我只是感到疲倦。我们仿佛在显微镜下挣扎。我们在被监视，被政府监视着。

我发现琳达已经睁开眼睛，告诉母亲她醒了。母亲突然不说话了，开始抚摸琳达的头发，眼睛望着罗森霍夫和辛森街区的悲伤建筑，发现天开始下雨了。雨势越来越大，仿佛我们正飞驰进瀑布里。琳达问：

"死究竟是什么意思？"

"什么？"

"死是什么意思?"她重复了一遍,母亲和我交换了眼神。

"为什么这么问?"

但这话不能和琳达说。

"谁说的?"我问,丝毫没有慌乱,从灰色窗帘间望向外面。

"邓达斯。"琳达说,仿佛是在自言自语。

"邓达斯?"

"外号,ad undas,是她班上的一个男生,意思是溺水,失败。"我说,突然非常愤怒。我知道这会很难纾解。也许这天也不能一直这样下去,归根结底。

"他还说什么了?"

但是这时我们必须说一件毋庸置疑的事实:

"邓达斯是个小混蛋,"我说,"他偷了太多有毒的绿色幽灵。每次呼吸,都会有一群飞出来,你必须得找地方隐藏。所以,他就有了这么个古怪的称号……"

"够了,芬恩。"

但是琳达在笑。母亲假笑了一下,脸一歪,希望不会鼓励我继续讲下去。我呢,则继续详细阐述邓达斯的败坏堕落,用上了我所有的积累。那可是涵盖了特拉福韦恩所有的部落脏话。我们笑着叫着。而当我们开始争论谁将按下车铃,就快恢复正常时,母亲大声道:

"她真的说我们的房间有尿味吗?"

当母亲开始准备晚饭,我带上怒火和我拥有的最硬的通货,那袋钢球，走到弗雷迪一号家里，把这件事告诉他。我想弗雷迪一号总会加入进来的。哪怕我不给他两个钢球，他也会愿意教训一下邓达斯，虽然通常是弗雷迪一号被别人教训。

我们走到七号，按响邓达斯的门铃。按这门铃的人太少了。结果当我们问能不能请邓达斯出来一下时，他的母亲觉得务必要用无比怀疑的眼光盯视我们一会儿。

"他不叫这个。"

但邓达斯一点也没有怀疑，还没把毛衣穿好，就迫不及待地像颗羽毛球般飞奔下楼。我们则紧跟其后。当我们拿琳达的遭遇和他对峙时，他完全理解错误，把这个当做一次直接的邀请：

"她会死的！她会死的！……"

他四处跳来跳去，在贫瘠的草坪上开始了他的表演，这也让事情容易了些。我们用拳头揍着这小东西，各自怀着不同的企图。我们用膝盖撞他，用巴掌扇他，用拳头揍他。一开始即兴发挥，动作有些笨拙——邓达斯完全不知道发生了什么——接着我们目的性更强。直到他被打瘫在地上，开始胡言乱语。现在已经半昏迷了。当我感觉我们的身体接近无可挽回的毁灭，也就是在现实到来以前人所拥有的爆炸性时刻，我体内的怒气便开始消散。但我仍然看得见琳达在声嘶力竭地吼叫，看见弗林特斯通的黄手指，看见她的床和那只愚蠢的泰迪熊，还有画满外星球动物的写生簿。这一整个循环是如此失控。除非我自己动手，否则循环将永不休止。当听到我下方某处碎裂的声音，我还是恢复了理智，开始颤抖，吼着说我听到什么东西断了，停了下来。但弗雷迪一号只是带着最新发现的自己的野蛮粗暴看着我，厉声道：

"他甚至都还没流血！"

他朝着鼻涕直淌的鼻子猛的一拳，鼻子再次骨折了。接着又是一次。尖叫没有任何用。沉默是一堵墙，是屋宇之间的山峦。我不得不拽开他，抱着他滚到泥土里。我奋力爬到弗雷迪一号的背上。这家伙只有蛮力，完全不知道节制。他摇摇晃晃地站起来。我仍然在他背上。他摇晃着身体，吼着：

"给我下去，你这蠢蛋，我要杀了他！"

但我没有下去，于是，弗雷迪一号跪了下来，拼命喘着粗气。我的手中正握着他的生命，他能感觉到这点。也许他还感觉到了别的，因为邓达斯正躺在地上，一动不动。我们已经认不出他了。房子间回荡着一声空洞的哀号。我放开手，环顾着十月一个寒冷周日下午正在享用晚餐的空荡街区。吼叫声充斥着我的耳朵，我的身体与血液。我看到邓达斯移动了一只胳膊，一个膝盖，睁开一只眼睛。但之后，愤怒又回来了。琳达的声音在一辆空荡荡的巴士里回响。我弯下身，望着那只肿大的眼睛，看得出那眼睛里溢满了恐惧。那恐惧是如此纯粹，毫无杂质。那时的我突然意识到，如果那时的我感受到一丝丝抵抗，他将再也无法站起来。

所以我体内是有那种特质的。

我起身离开，带着这个全新的沉重负担。弗雷迪一号也走了，迈着摇摇晃晃的诡异步伐。我们的腿像橡胶似的。我们瞄着对方，确保我们是同时离开战场的。我们在各自艰难地爬上楼梯时，都回头看了一眼，看到邓达斯还躺在地上，可怕地尝试着站起。邓达斯从来没有过朋友，但他很快就会有一个。

25

惩罚的众多阶段与程度，我认为我是铭记在心的。那种愧疚与深渊。我进门时母亲没有问，尽管她在我脸上看出了一切。不想知道的母亲，一言不发的我。我只是在用一个不同的身体咀嚼着晚餐，因为她不想知道。同时，我也不懂她。

我比其他人都先去睡觉了，看着琳达爬上小梯子，从床边往下瞥我。

"明天去学校你害怕吗？"我问。

"不怕，"她说，立刻爬起来，想和我摔跤，但她只是坐在我身上，"你害怕吗？"

"不害怕。"

于是我说："邓达斯死了。"

"不可能。"她笑着，仿佛这个话题在从机场回来的巴士上就已经讲完了。她表演给我看简妮教她的手指游戏。

啊，这一切发生所需要的时间！半个周一都过去了，我们才被叫出教室，拖到弗林特斯通面前。空气里充斥着香烟和暖气发出的闷热烟雾，一股警告与严肃的气氛在发酵。但通常的流程已经被破坏了，也许是因为我们看起来没有应该的那么恐惧，哪怕这次事情是真的很严重了。

我们又被带了出来，回到教室，没有交换一句话。我们坐在书桌边等待，内心一片空白。接着我又被叫回校长办公室，独自一人。这一次，母亲也在，穿着一件我从未见过的大衣坐在一张椅子上。那衣服在我看来是很贵的。她还戴着帽子，腿上放着个小包，我以前也没见过。她膝盖并得紧紧的，背挺得跟扑克一样僵硬。这是官方状态下的母亲，是一个能将当日收入算得分毫不差的鞋店助理。她现在也不愿看到我。然而，我很快意识到，我还是她的儿子，因为敌方自乱阵脚。母亲和校长并没有统一战线。

"那男孩断了几根肋骨，"弗林特斯通严肃地说，他指的是邓达斯，"他一只胳膊伤了，身上都是伤痕，两颗牙……"

母亲还是没有往我这边看，却等着弗林特斯通讲完。对着他喷出的烟雾，她毫不气馁地说：

"这种事不会再发生第二次。我可以向你保证。"

"哦，是吗？"一句怀疑的答复。

"是的，"她坚称，"所以我们现在最好搞清楚为什么没有人知道琳达在被欺凌……"

"这完全没有比较的价值。"

"一天又一天，她被迫离开学校，而你什么也没做。你们老师送她回的家……"

"苍天在上！"

"你们做过什么吗?"

"你在影射什么?"

长时间的沉默。沉默属于弗林特斯通,是权威与裁判者的沉默。我瞄了母亲一眼,发现她已经精疲力竭。我转过身,隔着桌子喊:

"你要是胡说八道,你就会完蛋的!"

"什么?"

"她并没有胡说八道。"

弗林特斯通掐灭了香烟,身体仰到后面。

"我明白了,小伙子。那又是什么意思呢?"

母亲回来了:

"他的意思是,如果她曾说了点什么,她就会……"

她就让这句话停留在半空中,看起来因为想象到可怕的未来而紧张。我不可能发现不了这句话对弗林特斯通产生了影响。他摇了摇他青灰色的头。母亲继续低声念叨,直到她给出一个不容置疑的结论:"发生这种事情都是学校的责任。"

之后,她又要休息一下。这次,我没有临时说出点什么,但我至少站得笔直,所以没有人能够批评我的站姿。是弗林特斯通改变了策略。

"这儿真的有那么糟糕吗?"他朝着我的方向说,现在处于抵御的一方。

"没有,"我毫不犹豫地说,"我的意思是,是的,真的很糟。"

这是我做过的最诚实的回答。接着,母亲希望能结束这一切:

"他会被停学多久?"

弗林特斯通不得不再点上一根烟，用一句简单的话结束这一切：

"我们会通知你的。"

母亲站起身。

"好的。还有别的事吗？"

没有别的事了。

我们走到走廊，幸好没有目击者。我其实挺明白这场表演将会对她造成的影响，因为她正摇晃着走到最近的一堵墙，扶着窗台支撑自己，弯着的身体紧绷着。我不敢说一句话，只是准备好如果她倒下的话，就去扶住她。

然而，我有一种感觉，这场戏已经不再属于我一个人，如果真的有一场戏上演，那也是她和弗林特斯通的戏，一场公共事件。

"谢谢。"她说着走向教师出口，高跟鞋咔嗒咔嗒作响，留我一人在那凄凉的走廊。

但今天和那个夏日站在港口望着她的船逐渐消失在远方，是一样的感受吗？不，不是，还挺不一样的。现在的我甚至不觉得受伤，因为我从她在砰然关上的玻璃门间悄悄离去的背影看得出，她既不恐惧也不伤心，她甚至可能都没直接想到要离开我们。相反，当她阔步走下洛伦维恩时，她的心情是放松的。她消失在无叶灌木后面。

穿一件绿大衣？

我被困在一种愧疚、暂时得救、被痛揍的纠结情感中：宣泄吧，我想这种状态应该可以这样称呼。我站在那儿，直到大楼的声音告诉我，铃声很快就要响了。混凝土里无声的窸窸窣窣，一种潜伏。那种自己到来之前已然存在的噪声。每个上学的孩子就像感知自己的脉搏一样感知着它。

　　然后，我走回教室，敲门，没有等亨里克森小姐那句"请进"就进去了。面对的是弗雷迪一号询问的凝视，一个确信的点头。我坐到自己位子上，看着正前方——仿佛我在执行一项命令——看着嗓音优雅的亨里克森小姐。她在思考她要不要也来管一下这件事，也许可以以第二次世界大战为背景来处理。不一会儿，铃声解救了我们。

2 6

我们听说邓达斯被送到了急诊室，残废了，腿瘸了，死了，这件事上升到了警察和监狱的地步。但是到了礼拜四，他就回学校了。脸肿着，眼睛充血，一只手上了绷带。原本多动的身体行为缓慢，让他得以在人群中站立不动，回答详尽的问题。

他的周身有一种地狱、困境和突然死亡的氛围。但我也发现，他手上正拿着什么。他把那东西在绷带里卷进卷出，来来回回，他的动作有种自动的感觉，仿佛在训练，或者说那钢球已经完全控制了他。

我走过去问：

"你那个是从哪儿拿的？"

"弗雷迪一号。"他毫不迟疑地说。

我低头看着那只握住钢球的沉静的小拳头。那动作几乎是招摇了。邓达斯的体内同样有两个人，一个是值得同情的可怜灵魂，一个是令人震怒的小杂种，只会咆哮、号叫、流着常绿的鼻涕，是那种你只想扔进大海的人。而我知道弗雷迪一号是个懂得悔悟的人。他是个好孩子。我自己也懂得忏悔，但我也善于沉思。这种游戏，我是第一次玩，无法靠原谅邓达斯犯下的错误而为自己的罪行赎罪。不能，绝对不能。相反，我歪了一下头，算是点了一下，转身离开了。

那天，弗雷迪一号和我正式接到了通知。我们要把自己的东西收拾好，立刻离开学校，礼拜一之前不能出现在学校。打字机上的字用责备的语气写着：这是一项很轻的处罚，因为"这次事故发生在校外"。

我们走回家。我感到放松。弗雷迪一号有自己的担忧。

"我完蛋了。"

"你爸爸在家吗？"

"不在，我妈妈在。她惩罚人太有办法了。"

"你告诉她了吗？"

"没有……"

弗雷迪一号的家里也没有电话。他把我们礼拜一收到的信收起来了，所以不知道这件事的人就只有他的母亲和他去弗兰姆霍德学校上学的姐妹。

弗雷迪一号那晚没有出去。他就坐在窗边，用手电筒闪着跟我打信号。我也没有出门，因为我不知道别人会怎么对待我。

在家里，邓达斯事件从礼拜一开始就不是讨论的话题了，尽管它就像躺在厨房桌子上正在腐烂的尸体，也代表了母子关系进入了一个全新的阶段。更不用说儿子和房客的关系了。

克里斯蒂安事实上已经得知了这件事，但他拼命忍住不说，已经快憋死了，就好像我们终于结成同盟，成为共谋，可以沉浸在诸如怎么将华氏度转化为摄氏度这样的问题里了。而我只是在想他之前跟我讲过的硬币的事。它的历史，它的磨损，现在我也知道"不能抵赎"是什么意思了。那是一种罪，无法饶恕或清偿，是一种住在你体内无法被原谅的罪行，就像伤疤一样，永远在那里。

母亲则有风格多了。

"这件事我们以后就不要再提了，"礼拜一下午我回到家时，母亲说，"你面包上要加什么？"

"那件大衣哪来的？"

"什么？"

"你今天穿的那件大衣。"

"你敢再说一句。"

结果就这样了。

"我要一片火腿的，一片香肠的，一片巴尼奥斯蜂蜜的。"

"你不该这么说话，芬恩。这你明白。"

"那么请问我能有……"

"好多了。"

"你借的吗？"

"借什么？"

"大衣。"

"你又来了？"

我想了一下。

"那衣服挺可爱的。"

"芬恩！"

"……"

我把双手举到空中。尽管我相信那天早些时候看到的离开学校大楼的肩膀，我也感觉我已经无法再哄骗她，让她放弃，转而纵声大笑了，就像以前那样。于是，我只是望向窗外的黑暗，看着自己在玻璃上的影子，想起来秋天已经转而进入冬天了。母亲把奶油、面包和其他东西收起来，倒了一杯咖啡，坐下，看向桌子对面的我，这才发现我沉着脸：

"你在想什么？"

这听起来像是一种邀请，事实上确实如此，但我无法鼓起勇气说出："那件大衣……"

我们不知道要说什么。我们两个都不知道。

那是礼拜一的事。现在是礼拜四了。评审团已经做出判决，而我已经上了街，发现一种新的态度。我不会称之为尊敬，不是因为这件事与此无关，而是我心里明白这件事故极端的本质，尽管我们做的只是把挑事者变成了受害者——我们最后被迫承认这一点——邓达斯根本不配，或者应该说这是他应得的？这是一笔糊涂账，谁欠了谁根本说不清。一切永远都在变化。

而且弗雷迪一号感觉很不适，也不安分。他不习惯这个被别人尊敬的新角色。他现在走起路来故作傲慢，笑得也很假。他甚至介入了两个小孩子为某个电影明星照片而进行的争吵。也许他觉得自己应该成为这片土地上法律的颁布者，虽然法律比他要伟大。不过，到了礼拜五，他就成功以一项新的打嗝纪录把这一切都毁了。他这小把戏可以被称为传奇。他能在一个嗝的时间，按字母表的顺序一直念到O。这实在太惊人了。姑娘们都"啊"地尖叫。男孩子们则确定他还是以前那个弗雷迪一号，一个在别人都不玩的运动中得分和漏球的男生。

不仅如此，邓达斯现在也站在他那一边，是他打嗝最忠实的粉丝，邓达斯这个受害者。他下个礼拜就能拆绷带了。再过六七天，他的瘢痕就都会消失。最好的解决方法就是好好揍一顿，这就是弗雷迪一号的看法。不过他同样也觉得犯错是要偿还的。

那么琳达呢？

她坐在家里做作业，已经开始用整句话思考和说话了。

"我能借用一下你的蜡笔吗？芬恩，我保证礼拜二还给你。"

"那就是三天了，你明白的吧。"

"是的，需要三天的。"

"什么需要三天？"

"我要画的东西——还要送人。"

"送给谁？"

"我不会告诉你。"

"你自己有蜡笔啊，对吗？"

"我没有橘黄色。"

"那你不能就借橘黄色的吗？"

"不能。"

这几天，她和我还有弗雷迪一号一起走去学校。然后，她就又和双胞胎和那个士兵样的女孩简妮一起去了。来了一封信，说琳达可能诵读困难。母亲必须得鼓起全身的力量了。但那用希腊语写的鬼东西挺可疑的：琳达在学校是被最好的老师伊勒博教的，上的是特殊课程，她就坐在那儿看老师自己画的雉和鹤的水彩，听他催眠的声音三小时，然后她就能回到教室，坐在双胞胎和邓达斯旁边。他们还从没学过怎么阅读。她在她应该在的地方。所以也许根本就不是诵读困难，第二封信说。一张干净的健康表，母亲说。接下来的这年，还会有很多信过来。这仿佛是有史以来最长的一年，但好像还有些别的什么。当然了，肯定还有别的事。接着，下雪了。

2 7

雪积了下来。有了滑雪坡和雪橇滑道，雪球、冻僵的指尖和奶白色厚厚的冰层。冬天就应该是这样的。一声咆哮，一次摔倒，永恒的沉寂。圣诞节就要到了。我又给了弗雷迪一号一个钢球，他也给了我一个。很难区分，但我的是裹起来的。琳达将会收到雪橇。这件事神秘兮兮的。克里斯蒂安只能晚上到地下的兴趣室安装皮靴固定装置，浸泡滑雪板，接着把它们搬到阁楼的储藏室，藏在去过东博斯的行李箱后面。

我们买了一棵圣诞树，那树从十九号开始就站在阳台飘扬打转的雪中，每晚都要接受母亲和琳达的欣赏，我就站在后面当背景。每年都要进行的圣诞夜在哪儿过的辩论也必须解决，但这次情况有些不同。

毕竟，过去这一年，我们没有怎么见到家里人，而且据说托尔舅舅被他工作的那家餐厅开除了，因为他喝醉了。母亲对此直言不讳。不过他随即就进了海员学校，成了七大洋的轮船工程师。托尔舅舅由此开始了一段新的更好的生活。一个罗密欧，一个花花公子。比亚内舅舅这样叫他。外婆也没有变年轻，坐在椅子里，为她发光的木炉子添柴火，玩单人纸牌游戏，赢了。

但再一次，我有了心事。

"我想待在家里。"我说。

我说话的声音很低，不想引发争吵。这只是一句必须说出来的话，没有明确的目的。就像整个秋天都笼罩着我的含混感，尽管我又看到了什么。

不仅如此，我们也经历了平静的几周，都是因为邓达斯这件事。这是一种屋子里应该有的舒适的家庭生活，有节律地按时进行的日常。最好的时候，深夜的小收音机里还会飘出温柔的音乐。没有克里斯蒂安。那母亲怎么样了？

她很好，放松地坐着，从《雨随露来》的页面上方瞥我。这个故事我们听过两三次，讲的是像塔尼亚和我这样的两个人找不到彼此，尽管原因要平淡得多。但我知道她喜欢一个人读，这样她就能想抽鼻子就抽鼻子。鉴于我无法解释自己为什么想离家里人远一点，我就转而看向琳达。她正趴在电视前，下巴放在两手上，瘦长的腿来回晃动。母亲将这个动作看成一种暗示。

"琳达，你怎么看，我们圣诞夜要去看看亲戚吗？"

"要呀。"琳达对着屏幕说，毫不犹豫。

我们在旧的帆布背包里塞满礼物就出发了。那是二十四号的十二点。我的肩膀上是小心包好的滑雪板。琳达背着小书包站在我旁边，一脸期待的笑容，偷偷摸摸地朝上瞧我，还在傻乎乎地小跳步。母亲在我们到达前很久就因为搬这些东西而喘不过气来，脸颊通红。等她开始做饭时，她就即刻换上在家用的嗓音武装自己。这其实挺容易被人挑刺的，更别提东西还是外婆她老人家让一个邻居买来的。

琳达和我被派去地下室，加入奥斯卡舅舅。他还是老样子，穿着一身工装，戴着鸭舌帽，一手持斧头，友善又舒适的样子。但贮藏室和上次比缩水了，天花板变低了——这是什么事发生了的第一个预兆。是我长太高了吗？还是穿着打了红丝带的新白裙子的琳达占据了太大空间？琳达轻灵的咯咯笑声让奥斯卡舅舅豪迈地大笑，就好像他的癌症刚被治好。

"啊，我从来没有。"他不停地对着她一连串的话语给出回应。奥斯卡舅舅也不是那种会滥用微笑的人。我们这些待在下面的人是很严肃的。我们砍着木柴，我们专心致志。但斧头变轻了，我不用再用两只手握着了。柴火堆也变小了。琳达按照我们的指令把木柴堆起来。当我们上来闻到排骨香的时候，每个人都抱着一满怀的引火物，因为灰尘和焦炭变得黑乎乎的。我们带她去见刚来的鲁莽的表兄妹。他们总给人一种感觉，好像人数有实际的两倍多。

现在，他们开始在迷你浴室打扮家里的新成员。浴室里有一个狮子脚镫的小浴缸，由于黄铜水龙头和下面猪鼻子状的排水孔而染上了棕绿色。我们听到里面传来咯咯的笑声和叫声。隔着一扇锁着的门，这种方言甚至显得更遥远了。母亲像一个紧张的守门员一样来回踱步，不停去敲门，问在里面还要多久，问他们灯开没开，还说他们该出来了。其他人似乎都没有发现她的古怪行为，我之前见识过，但我是到现在才真正意识到这一点。

"灯开了吗？"她厉声道。

"选一张卡。"外婆说。

我选了一张黑桃八。甚至这也不是事情应有的样子。

今年圣诞树上的蜡烛是电的。有聪明豆、榛子、沙蛋糕。有猪油、葛缕子、发胶和香烟的味道。护栏像以往一样在热度中颤抖。托尔舅舅坐在窗台上饮烈酒，一根接一根地抽烟，说我和上次比长大了好多。这至少是一种有礼貌的夸张。而比亚内舅舅则没觉得我长大一毫米。这简直是非常粗鲁的低估了。

"看看马里特，"比亚内说，"如果她一直这样，她就要成为魅力模特了，我觉得。"

"哈哈，那个矮胖子。"托尔舅舅猛喝了一口，中途大笑出声，不得不咳嗽、清喉咙才能忍住笑。比亚内舅舅叫他闭嘴。"她能听到的，你这笨蛋。"马里特舅妈掸掉裙子上的坚果壳，说：

"我的上帝，要我坐在这儿听你们废话，做梦吧。"

她走进厨房。那儿的母亲已经恢复镇静，因为女孩子们已经从浴室出来了。她正在努力做饭，不想让任何人帮她，完全不要。她来这儿不是接受帮助的。而比亚内舅舅在没有女士的情况下，抓住了取笑托尔舅舅新职业的机会。那个在海员学校的工程师课程，我想应该是给成年人开设的一种特殊教育课程。

我尽量表现得好像什么也没有发生过，但气氛是不可能搞错的：比亚内舅舅穿着一身蓝色西装，系着一条海军蓝领带，裤子上有一条折缝，刚刮过胡子，梳妆打扮过，闻起来是须后水的味道，脚上一双擦亮的黑皮鞋。托尔舅舅则在每个细节上都是其反面，尽管他的棕色鞋子、靴带、男阿飞的发型和没有熨烫的裤子上蛮不在乎的膝盖部分，自有一种吸引眼球和自得的味道，仿佛他代表的是自己哥哥的一种反面典型。他们不仅是两个不相容的世界，还属于不同的时代，坐在那儿用小小的讥讽和假笑竞争着，听起来更像无法治愈的表面伤口，而不是开心的打趣。也有可能他们从小时候开始就这样，只是我之前都没有注意到。就像奥斯卡舅舅的笑声——以前一直都是这样吗？

还是说，是琳达让他们变成了这样？

我也能看出来，外婆可能并不像官方声称和认证的那么年迈。也许她只是因为天黑了，是在这样的场合，才拉下了百叶窗。坐在摇椅里的她没有在数牌，而是在数分秒，等着一切结束。就像母亲在这场戏结束后我们回家路上说的那样，这是一场不间断的倒数。

那我呢？

我能在一面狭长的黑框镜子里看到自己。那镜子一直挂在外婆身后的墙上，盖着一张手工编的挂毯。也许我真的长大了，好像距离上次来这里已经过去了四年。我长出了一个头，已经没有地方放我的肩膀。我的胸膛和臂膀消失了。尽管我把两只手举在面前、按到片状玻璃上，我也看不到我的手。我的眼睛也没地方放了。什么都没地方放了。至少和我相关的一切都是如此，但我仍然无需害怕，因为母亲也是这样。其他人没有发现而已。

"怎么说？"外婆说，"换不换牌？"

我低头看奥斯卡舅舅帮她做的小桌子，看着一张面朝下的牌，假装我在想要不要把牌换出去，但我也意识到她嘴边布满皱纹的嘴角挂着嘲讽的笑。我慢慢地摇头。

"不敢。"我尽量笑得明显些。

"聪明。"她道,把牌放回去,开始洗牌、再发牌,洗牌、发牌……

最终,琳达像个洋娃娃似的打扮好了,仿佛一个公主,被带着到处转,耳朵里听到的尽是她看起来多优雅呀,多小巧多漂亮多聪明呀。她也会行屈膝礼。接着,我明白这愚蠢的一切是怎么回事。我们用了一年的时间才发现。其他人都在看着她。你现在可以在马里特舅妈易怒的脸上看到,琳达和其他人都不一样。她甚至威胁到了她女儿们的地位。

这是第四个危险信号了。也可能是第五个……

结果是,女孩子们在来这儿的火车上已经收到了一个圣诞节前礼物——这样她们就能安静地待着,直到我们吃完东西,打开够大的包裹——日本天皇的游戏,摊在厨房桌子上。琳达总是赢:她的小手如岩石般稳固,每次都能在不碰到其他棍子的情况下抽一根出来。当然这命运太诱人了,马里特不得不开始玩她的小把戏。

"你碰到一个了!我看到了!"

然而,琳达决定相信她自己那双困惑的大眼睛。这比马里特阴阳怪气的决断可信多了。

"你就是不肯输,是不是啊,马里特。"托尔舅舅在去厨房拿苏打水的路上笑着,路过的时候拍了一下琳达的头表示认可。

"你是在说我说谎吗?"

"啊,别出声。"

"你再敢那样跟她说话试试看,托尔。"比亚内说,跟在他后面。

"我想怎么说话，他妈的就怎么说话。她输不起。"

"放轻松，老兄，不然我让你尝尝这个。"比亚内说着举起一个拳头，表情欢快，想缓解一下下午以来变得越来越紧张的气氛，仿佛我们正坐在越转越快的旋转木马上。托尔舅舅把没有擦过的皮鞋分开两英尺站稳，摆出职业拳击手的架势，开始像英格玛·约翰松二世一样四处跳动，对着糖包、咖啡罐、窗台上颤抖的秋海棠和母亲那锅轻轻沸腾的泡菜出拳。接着，他牢牢抓住她的腰，带着她旋转起华尔兹的舞步，同时唱着《第三个人》的主题曲。不知为何，成功的纸场工程师脸上的怒气变得越来越明显，我们都发现了。现在有什么事就要发生了，但是是马里特舅妈大声的低语让我们都听见了：

"我告诉过你，今年我们不该来的。"

"没有，你他妈的根本没说！"

"啊，我真的没说吗？"

"对，你是没说，你说不管怎么样都要来看看那个怪女孩。"

"比亚内，拜托。"

就这样，舞蹈结束。母亲挣脱开托尔舅舅的怀抱，有意跨了三大步到地板另一边，用上自己剩下的所有力气扇了二号兄弟一巴掌。她用的力气太大，他竟晃了起来，倒在长凳上。他将会在那里度过晚上剩下的时光，读完两本人家给他的书。

"你他妈的以为你是谁……？"

他努力想站起来，但他又被打了一巴掌，便坐在那儿不动了。马里特舅妈发出了一声抑制不住的咆哮。母亲的脖子和胳膊通红，看起来像要发起又一轮进攻。奥斯卡舅舅肯定也发现了，因为他想要抱住她。结果，他也被扇了一下。

"啊，现在你也想加入了，是吧？"她吼道，"我需要你的时候你在哪儿？！"

"你们在那边干什么？"外婆从客厅叫道。

"看看她！"母亲用钢铁般的嗓音厉声道，指向一手抓着一根游戏棍子、一手抓着我坐着的琳达。或者说，其实是我在抓着她。"你看不出来相像的地方吗？你看不出来吗？！"

奥斯卡舅舅因凄惨的羞愧摔倒了。"你是个大人，你看到发生了什么，"母亲奋力向前，"你和那里的老女人！"

"哎呀，太伤人了。"马里特说。其他女孩一个接一个地哭了。母亲现在好像在试着消化一些信息，也许是比亚内舅舅让人难以理解的话：

"你以为他虐待的只有你吗，你这个笨蛋？"

接着，浴室的黑暗似乎暗藏着什么。我猜想是和他们的父亲、我的外公有关。关于他的情况，人们说的比我父亲还少——我们从没去过他的坟，是奥斯卡舅舅一直在照看。我去过一次，一个上霜的早晨，四年前的圣诞夜，去点燃一支蜡烛，在百万个花圈中放上我们的。那时，我问外公是不是在天堂。奥斯卡舅舅轻轻地用结霜的呼吸说："不，他在地狱。"

这不是奥斯卡舅舅平常会说的话，所以我站在那儿用鞋尖四处戳雪，但他表达的方式有点像，怎么说呢，我们都必须待在一个地方，所以我就又忘记了，直到我看到托尔舅舅也被某种神秘的疼痛袭击，站在那儿把额头抵在冰冷的窗玻璃上，像个婴孩似的哭了。

"家里显然有过很多欢乐和游戏。"母亲轻蔑地哼了一声，宣布派对至少对我们来说已经结束，开始给琳达穿衣服。此时的琳达站在黑暗中像一根蜡烛，手上还抓着游戏棍子。母亲不得不啪嗒一声折断棍子，才能帮她戴上手套。此时的我则把礼物都收起来，装到帆布背包里。

"你们在外面干什么？"外婆叫道。

"什么都没做，"母亲道，"和以往一样。"

28

现在不可能有四点多。所有的街道都很安静，所有的房子，天空也是。我们在粉状的雪上艰难前行，一言不发。直到我们来到贮木场边的铁路桥下，母亲突然停下，低头看我：

"你知道会这样吗？"

"不是很确定。"在她的注视下，我耸耸肩。但她蹲下来，不肯就此算了。她抓住我两边的肩膀，摇晃我的身体，看进我体内剩下的一切。"你知道会这样吗，芬恩？"

"不是很确定，"我说，"但我想我能看出……点什么。"

"什么？你能看到什么？"

也许这时的我有机会再次找到她，但这件事超出了我的能力范围。我就要哭出来了。

"你不要也这样。"她道，站直后环视四周落雪的铁路大桥，在这里分岔出去的无人道路，我们面前被亮闪闪的雪覆盖的土地。在冰冷的圣诞节黑夜刚刚降临时，我们回家的路还有整整一公里。她这样，就好像又在想她到底是在哪里。这时，她拽下琳达的一只手套，看到她手上的血。

"我的上帝，这是什么？"

琳达一副垂头丧气的样子。"是什么？回答我，小姑娘！"

"我戳了她的大腿。"

"什么？"

琳达重复了一遍，一脸羞愧。

"你戳了谁的大腿？"

"马里特。用棍子。"

母亲和我相对而视，我特别希望我们也许可以再次一同大笑，在经历了这一切之后，我们那已经消失的笑容。但我失去了她，现在依然如此。

"老天。打开。"

"打开什么？"

"这些。"她带着决心重复道，抓住我肩膀上扛着的滑雪板，递给琳达。琳达正睁大眼睛望着她。

"在这儿吗？"

"是的，在这儿，小姐，现在，快点。"

琳达站着不动，笑了，打开礼物标牌，读道——妈妈和芬恩送给琳达——开始拆包装纸，特别小心的样子，生怕碰坏了。她把纸叠好，放到书包里。母亲和我在旁边围观。

一对斯布里特科恩滑雪板，长一米四，克里斯蒂安浸泡过，用一块小木块在中间绑住，以保持其弹性，两边都有能用黄铜螺栓调整的坎大哈皮靴固定装置。一对斯布里特科恩滑雪板有一种可靠且文明的特质，仿佛让你的心联想到落雪的风景。发光的赤褐色表面和浅色的镶嵌图案，仿佛流淌的巧克力，拥有因古老而受到尊重的坚固特性，让你想到图书馆和小提琴。

"她没有靴子，是不是？"

"不，她有。这里。"

母亲解开帆布背包，拽出琳达用沥青固定的滑雪靴，命令琳达坐下，帮她换鞋。这时，我松开绑着的木块，意识到滑雪板下没有蜡，只有一个闻起来仍然有焦油味的黑色东西。琳达把靴子放在固定装置上，这样我就能帮她系紧，调整。母亲道：

"你现在可以走了。"

琳达走了两步，摔倒了。我扶她站起来，她又摔倒了。母亲把帆布背包上的绳子解下来，一头系上一个环。"抓住这里，我们会拉着你走。"

琳达抓住绳子。我们拽着她上到缪斯森林公园和迪森街区，这就像一幅耶稣诞生图，描绘了生命最根本的关系。我看到母亲笑了一次，又笑了一次。她在雪下的冰面滑行，飞了起来，坐下来吃手套上的雪，笑着评论琳达的滑雪风格。琳达生气了，想把母亲埋到雪里。她们开始摔跤，而我在一边围观，因为——就在我面前——母亲无法预测的本性又开始了新的篇章。

又开始下雪了，黑色的虚空中飘下白灰，在特隆赫姆斯维恩的街灯下变成黄色，然后落到皮肤、衣服和地上。她们像两个女学生肩并肩坐在一起，正是因为这个画面，我印象中的童年是黄色的。这些灯第一次毫无目的地亮了。路上没有一辆车，我的心仿佛在毛玻璃的铃铛里滴答走着——母亲开始用夏天在岛上离开我们时的认真语气说话，说起她去过的这家医院，不是埃克尔医院那种的普通医院，比方说，我们从飘扬的雪花间就能看见的，你可以去那儿摘掉扁桃体或者阑尾。但是她说的那家，你可以去移除不好的记忆，比如小时候曾被自己的父亲关起来，上锁，揍到失去意识。那种回忆就像你的心上有一个穿孔的阑尾一直在那里流血，无论你长到多大，而且还威胁着要污染你的每个想法，所以尽管我们可能会认为这一年太过艰难，但对她来说却是好的，因为一切都已经说清做完。她直到现在才明白这点。就在这一刻，多亏那神秘的医院，琳达的天赋，给了她全新的勇气，也教会她相信自己再也不会忘记的东西。还有你，她补充了一句，幸好我还在那里，没有展现出一丝疯狂的痕迹，尚且没有。

"你明白我在跟你说什么吗，芬恩？"她说话的嗓音太大，但笑得很开心，因为这是开玩笑的意思。她坐在那儿，控制着一切，未被击败，充满安全感。

"是的。"我说，与其说是明白了，倒不如说是表示顺从。琳达也说是的，点了两次头，因为在这里我们需要达成一致意见，至少我们是这么想的。母亲也需要感到放松。这样就够了。

我们乒乒乓乓地到了公寓，这时刚好六点，母亲立刻开始煎专门为圣诞节准备的排骨和肉饼。我用一床羽绒被把琳达裹起来，让她坐在圣诞树前。今年的圣诞树不但有鸡蛋卡通的装饰，还有正常的红白色爱心，是琳达、我和弗雷迪一号织的。弗雷迪一号做了其中最大的一个，黄色的。我们狼吞虎咽地吃起家里自制的杏仁蛋白软糖和胡椒坚果。后来，晚餐终于端上了桌。接着，我们终于可以开怀大笑。这是怎样的一个夜晚啊。明天我们就又要吃泡菜和肉汁了！

吃完饭，甚至还有更多的礼物。给琳达的衣服和亲笔签名的相册，克里斯蒂安给母亲的一块手表，克里斯蒂安今年也是和他的家人共度佳节，还有给我的一摞书。

不过，当琳达睡着，我们在听收音机上的圣诞歌时，我在读《司马格乐山顶五人行》[1]。母亲喝着红酒。她已经喝了三杯了，舒适地安坐在她的扶手椅里，张嘴凝视着圣诞树。令人伤心的是，我之前在雪地里感受到的释然，还有一个摧毁人心的附笔。

"你觉得我应该嫁给克里斯蒂安吗？"

她在给刚刚拆开的腕表上发条，这次她拆起礼物的样子比上次金兔子出现时要熟练多了。

"他跟我求婚了。你觉得呢？"

我一刻也没迟疑地说不要。又重复了一遍，声音挺大的。

"为什么不呢？"

"为什么要呢？"

因为男人都只是喜剧人物。我有一个死了的父亲，一个在地狱的外公。我听对街的人说过弗兰克。他吹口哨，闻起来有马的味道。我知道

1　"五伙伴历险记"系列的第四本。

从来不在的弗雷迪一号的父亲，认识有干冰和高音调的扬。他和托尔舅舅一样，职业生涯命途多舛。奥斯卡舅舅是唯一和我处得来的人，以我自己的方式，但他也一样，因为某件我甚至无法想象的事心怀愧疚。而且光是想想母亲和房客睡在那间临时住所就让我脊背发凉。

"我明白，我明白，他是个骗人的恶魔。"母亲自己咕哝起来，但奇怪地笑出了声。

"我不想被克里斯蒂安收养。"我说。

"是的，有这个可能。"她说着，语气依旧随意，让腕表像个套索一样挂在她的手腕上。但接着，她想到了什么。"不过那样我们就不用去烦琳达的文件了。"

"什么意思？"

"我是单身母亲，芬恩。只有结了婚的女人才可以领养孩子。而你看看我们这一团乱……"

这是指从琳达被喂药——这几乎等同于虐待儿童的行为——到琳达可能的诵读困难，或者这鬼东西随便什么别的名称，还有那个不存在却一直不肯走的东西。再者说，因为我没有什么好补充的，因为我也没有脑子来思考了，就发生了这件事：

"有人在搞破坏，我不能去看文件，他们只是跟我说，还要点时间，再等等……然后……"

"什么？"她停下来的时候我问。

"然后他们又提到我身体不好的事……"

"但是你又没有生病！"

"是的，当然没有……"

我想尖叫。这个夜晚还是被彻底毁了。我本可以跳起来逃跑，要不是我已经来过这一套。我想看坐在帐篷边人手一杯咖啡的黑白照片。照片上的人站在一片田野上，肩膀后面是交叉路口。他们看起来好像很快乐。我想看隐身的起重机司机，看那个坐在福特车保险杠上的母亲。最重要的，我想看几个小时前的她，坐在琳达边上，吃着雪，几乎以一种令人信服的声音说，这一年很美好。

"但我们有一张制胜牌。"她道，打断了我的思路。

"是王牌啊！"我生气地大叫。

她大笑，喝了一大口红酒。

"你太让人难以置信了。"

"那又是什么了？"我吼着，"王牌？"

她直直地看着我，冷静地说：

"是你。你和她有关系。是血缘上的……"

"血缘关系？"

"是的，你是她唯一的亲戚，除了那个母亲。不是她就是……你父亲有的还活着的……"

"那你就不用嫁给克里斯蒂安啊。"我感叹一句。她出神地望着圣诞树，望着弗雷迪一号的圣诞心，或者是我自己臆测的，因为那是最大的一个，也是做得最笨拙的一个，可能也是挂在圣诞树上从远处看最黄的一个。不管那时她看到了什么，我希望她不要看出来，因为根据最后一段对话内容，我已下定决心要隐藏，只要她不注意到，一个藏在树底下后面的终极礼物，一个包在绿纸里、贴着自制标签的小的圆柱形礼物。

"这是什么？"她问，同时站起身去把它捡起来。琳达今年把礼物上的名字都读出来了，但她忘了这一个，或者说是故意忽略了它。现在，母亲研究起标牌。琳达送给克里斯蒂安。

她观察起我的脸，显然母亲和我没有给克里斯蒂安买任何东西，至少就我所知并没有，因为存在很多好理由不给一个人礼物。在我们这个情况下，礼物的意味也太重了。

"这是什么？"

"我不知道。"我道。但那些日子逝去了，永远不会回来了，她只要看看我就会知道。"一幅画，"我不得不承认，"我觉得是一匹马。"

"一匹马？"

"是的，一匹马！"

夜晚就这么结束了。圣诞夜，母亲抓着一张卷起来画着无法辨认的马的画，不知道是要打开还是藏起来，抑或是交给这幅画注定的主人。我低头望着送给我的书上褪色的字母，在沙发里坐得更舒服了一点。这样她说的最后一件事就不会隐入黑夜，那个关于王牌的部分，"但愿可行"。我们听着四周各个公寓里啪嗒啪嗒的脚步声、说话声和低沉的笑声、一扇门砰的关上、一个被打开的水龙头，大楼的声响、暖气喃喃地流淌，还有垃圾槽——地下室水闸、下落、撞击——渐渐隐去的脚步声，直到世界闻着烛蜡、肉汁和云杉细枝的味道醒来。住宅区是黑夜时间。是这一年的夜晚。我看到琳达朝我跑来，看到她消散在稀薄的空气中，

238

从我的指尖。雷声响起，我醒了，一身汗。

但那是睡眠的声响。

黑暗中远方的一座岛。两座岛，琳达和母亲，呼吸着，我躺着聆听汹涌的天空，只有一个母亲可以创造，也只有一个母亲可以毁灭，直到我身上的汗干了，一切因为这样一种视角变得清晰，夜深时的俯视。我只需要起身，从她的床头柜上拿起那块表，带到厨房，从鞋盒子里取出锤子。我们都是把工具存在水槽上方高处的碗橱里。我只需瞄准好，一下砸向有塑料贴面的桌子上那该死的表，砸到粉碎。

我把碎片聚拢，嵌齿轮、指针、玻璃碎片，集成一堆，归在锤子边，就像弗雷迪一号的圣诞装饰，然后走回卧室。

"谁在那儿？"她嘟囔。

"是我。"我低语，爬到上铺，睡觉了。

第二天，天气清朗明亮。奥斯卡舅舅来串门，一只胳膊下夹着大块猪肉，另一只胳膊下夹着一瓶"生命之水"。奥斯卡舅舅向来不沾这个，现在也不会，母亲和他都是。他们坐在厨房桌边，一人一杯咖啡，正在结束一段严肃的对话。这时，琳达和我在滑雪坡上已经完成一次艰苦训练，正进门来。琳达已经有了显著进步，关键看你怎么评判。不过，她没有像弗雷迪一号那样吸引了那么多注意。弗雷迪一号圣诞节收到了可跳跃的滑雪板。

"啊，小家伙们回来了。"奥斯卡舅舅咯咯笑着。母亲看着我们，仿佛她也这么想，我的小家伙们，王牌和他的妹妹。她甚至都没心思帮我们脱掉靴子和衣服，我们不得不自己来。不过，她坐在那儿看我们，脸上浮着笑容，就像在外婆家地下室砍柴的奥斯卡舅舅脸上的笑容。借着煤油灯的微光，他发现他从未见过的琳达和别人毫无差别，仿佛我们需要的是一双新的眼睛。

公寓里烤猪肉的香味，暖融融的，一杯柠檬汽水。又是圣诞节了。母亲和奥斯卡舅舅在聊雪。这是为年轻人而设的冬季。关于灾难性的圣诞夜，他们没有提一个字，他们也没有提结婚的事。而当我发现也没人提到被砸碎的表时，我才知道这只是一个梦。

当我们坐下来准备吃晚饭时，扬和玛琳也来串门了。母亲说他们也可以在这里过夜。玛琳戴着在瑞典边界买的新的订婚戒指，喝起"生命之水"来和托尔舅舅一个速度，看着一点都不疲乏。大家讲着关于夏天的故事，关于干冰、土豆大赛、同时开门又关门的商店。那些故事是我们共有的，有照片作证。我们可以听这些故事，却不会产生任何想哭的欲望。我们围坐在厨房桌边，大力咀嚼冷到彻骨的猪油渣，接着玩"疯狂八点"和惠斯特。琳达赢了一次。我是她的搭档，易如反掌。我和坐在对面的母亲的眼神相遇了。我们同意——我感觉——生活终于他妈的要开始了！现在事情已经按照应有的方式发展，我们家终于也这样了。而且这整个冬天、春天——用手碰碰木头——夏天、秋天，和六十年代余下的时光都将如此。这不可思议的十年，男人变成孩子，家庭妇女变成女人。这个年代以无用装饰和手头紧缺开始。尤其是十一月黑暗的那天，格洛鲁德巴士下来一个可怜的小家伙，拎着的淡蓝色小行李箱里装着一个惊人的消息。从此，我们的生活被搅得天翻地覆。

2 9

一月八日，他们来找琳达了，在学校。也就是说，他们知道自己在干什么。同一天下午，一个戴帽子、着大衣的男人也来找我们了。他递给我们一份文件，说他们给她找了一对好心的养父母。他们已经有一个和我一样大的儿子，所以改变环境不会太难。她会没事的。

由于母亲无法在文件上签字，他说没有关系，流程反正已经在走了。理发店的女人和政府都已经同意了。所以唯一的问题就是，琳达除了书包和穿着的她身上的这套衣服以外，能不能再拿点别的，她喜欢的东西，游戏，洋娃娃之类的？

母亲和我就这点也没有什么可以说的。

我们坐在客厅的椅子里，生活已然停止。以慈善和正义之名来到这里的那个人，还拥有生活。他可以理解我们，他说，但他根据自己的经验，这类事都是要以孩子的权益为上。

然后，他走了。

母亲和我那天没有交谈，至少我的记忆是这样。第二天早上，我们像往常一样起床，坐在早餐桌前，没有看桌对面的彼此，也没有吃很多。

之后，我们各自出门，一个去鞋店给随便哪个感兴趣的人卖裙子和鞋子的母亲，一个坐在塔尼亚后面盯着她一头黑发却什么也听不进去的儿子。

我们在晚餐桌前再次相遇，还是没有什么可以说的。不过，半夜，母亲崩溃了。我躺着一动不动，听着琳达停止吃药后的各种声音。第二天下午，我放学回家时，她的东西都不见了，衣服、游戏、书。艾米莉。又过了一天，她的床也消失了，我想肯定是搬到阁楼去了，这次不用我帮忙。我们是自然力量摧残下的受害者，静如老鼠般地坐着，等待事情变得更糟。

两周后，克里斯蒂安搬出去了。他没有再戴帽子、穿大衣，而是身着一件短上衣，上面有雪花和一头驯鹿的图样。他自己买了辆老的雪佛兰，装上他所有世俗的物品。他把显微镜和象棋板留下了。他还想把电视机留给我们。

"你带走吧。"母亲说，她的语气让克里斯蒂安带走了电视。

那年肯定也是有一个冬天和一个春天的，还有一个夏天，常识这么告诉我，但我们都待在家里，隐蔽着。我回到自己的老房间，也就是房客的房间，从那边可以看到埃西。母亲也回到她原来的房间，那里什么也看不到。我已经无法再看她。我们过着各自的生活，在一片沉默海洋的底部，直到九月某个时候才浮出海面。然后，我们又开始装饰家里。我们终于买了一个书架，用一种甚至更体面也昂贵的墙纸装饰了整座公寓。

"我们付得起吗？"我问。

"你觉得呢？"母亲道，她晚上剪墙纸、搅浆糊，白天去上班。她加班。她去上晚课，学记账，为哈罗德森夫人查账。一次，我和琳达躲到试衣间就是因为她。接着，她接管了账簿，负责进货，工作的时间更长了。我们和这个国家的其他人一样，生活富裕些了。

"就好像一切都没发生过。"十月末的一个晚上，母亲从活梯上下来，俯视我们的新世界时这样说。她嘟囔着，说琳达只是我们的主派下来缝补她生活的天使。我们只是暂时借用她，应该感激我们共同度过的时光。

我看着她，知道这将是我永远都无法原谅的事。

我在自己房间的墙上贴上英国流行明星和我们迷人星球的照片，还有一匹无法辨认的橘黄色的马，一张汤森街区放大的鸟瞰图。图上是我们搬进来之前，五十年代的样子。照片中间的起重机司机是我的父亲。他在为当地的社区做自己力所能及的那部分。照片中你看不到他。生活中他也隐身了，现在和他的女儿一起被锁上。他的女儿现在和他一样，也隐身了，照片中的她和鲍里斯、我一起站在沙滩上，没有系救生带。

在大门乐队唱《当音乐结束》时，我开始上初中了。齐柏林飞艇红起来时，我到吉姆纳斯上学了。在那儿，我又遇到了鲍里斯。我们在一个班做数学题、科学题，还是一模一样。但我们没有额发了。我们留着齐肩长发，我们穿磨损的军装夹克，用暗号说话，准备革命。我们和这个国家其他人一样，我们富裕些了。

3 0

我要毕业的那个夏天，来了一封信，碰巧我比母亲先收到。我坐着看了一会儿。地址和寄信人的名字是用打字机打的，不知是什么意思。奥斯陆邮戳。信封没有透露分毫。

那么我为什么不打开呢？

因为我无法确定哪个更糟，是可怕的手写体通知我们发生了一场悲剧，还是坚定稳重的字迹告诉我们一切都好。是琳达去了一处恐怖之屋，里面住了一群虐待、残害她的笨蛋——这个场景让我的灵魂感到痛苦——还是琳达从一辆车出来，她的新父母欢迎她，一个头脑清醒的母亲，一个完美的父亲，一个和我一样大的男孩。她握紧了那个母亲的两根手指。她的新哥哥，暂且叫他克努特，很快意识到那只小手握住的是生命。这种紧握会紧锁在你的身上，像虎钳一样，直到你离世。就算你躺在坟墓里腐烂，它还在那里。

从那以后，一切都按应有的方式发展。一家人住在一栋两层楼公寓的一楼，琳达开始在一家众人敬重的老学校就读，学校周围的栗树比人还多。她遇到的老师会教她应该懂得的知识，结交的朋友不用多看她一眼就知道该以什么频率交流。到了夏天，她与克努特和父母去度假。不在一间被烧坏的帐篷，而是在某个小屋，有许多活动可以玩。克努特会耐心地帮助她。事实证明克努特是个很好的男孩子。他比我还好。所以把她从我们身边偷走也许是正确的选择。

这个场景也在折磨我的灵魂。

只有这两种，没有中间可能。

信没有拆封我就出去了，去找弗雷迪一号。他的父母离异后，他基本是一个人住在老房子里，我们都叫那房子埃里。我知道他和邓达斯肯定正在里面嗅他的溶剂。邓达斯长发及腰，眼前是正要开始的犯罪生涯。这份职业本该颇为传奇，但他的小身体依旧靠短时策略生存，缺乏长线策略。和往常一样，弗雷迪一号见到我很开心，说的话也和我们偶尔见面时说的一样，说他很快就会戒掉，也会去吉姆纳斯学习。

"还是你觉得我太笨了，芬恩？"

"我没有觉得你太笨，一号。"我对着他灿烂的笑脸说，坐下来告诉他们我收到了一封琳达寄来的信。

"你还记得琳达吗？"

"不记得了。"邓达斯说。

"当然记得。"弗雷迪一号说，脸色甚至变亮了。

"我需要一些建议。"我说，但我先含糊其词了挺久，才提到我在犹豫要不要把信给母亲看。

"你看过了吗？"弗雷迪一号说。

"没有。"

我们坐在那里回忆关于琳达的种种，也在试着让那些表面看来无法唤醒的事件复活，直到我从弗雷迪一号那里得到了类似"要"的答案，因为母亲是特拉福韦恩唯一一个很酷的女性，而邓达斯则是非常坚决的"不要"，说任何和童年相关的事都要被掩埋。

"把信撕成碎片。"

那天天很热。很快就要放暑假了，又一段沉默的开始。我又上到哈根，去看公寓街区，我的山脉，去看我是不是还能看见什么。然后，我看到了一段逝去的童年，一个将永远留在那里的童年，两个彼此毫无关联的世界。这让我心满意足。我走回家，走到那封让我想到其他所有收到过的信旁边，在这间公寓里带着极大的恐惧，颤抖地读起来。

她的字圆圆的，像个小姑娘，无可指摘，和岩石一样稳固。写这些字的手原本在歇斯底里的情况下可以举起天皇游戏里所有的棍子。她很好。是的，关于她很好，还有蛮多要说的。

不过她几乎对我们是有些指责的，用最后一个总结的问题表现出来。这个问题我自己也自问过上千次，但从来不敢问母亲：我们为什么就这样让她走了？

所以，她完全没有受苦——当我们知道有个人闯入我们的生活，偷走一个童年后，我们的内心怎么可能平静呢？

然后，我想起我快要离开辛森的时候，弗林特斯通看到我，最后一次叫住我，让我去他烟雾弥漫的殿堂，因为如他所说，他想和我们分享他的一个观察。

"自这个学校建校起，我就在这里工作了，"他带着黄色的笑容说，我还是不懂是什么意思，"这些年下来，我还从来没见过你和你那奇怪的同班同学这样的。你妹妹被虐待时，你们居然会那样。我从来没见过。"

我不知道他想说什么。

"这其实无可原谅，"他道，"你们两个差点把人家打死了。"停顿了一小会儿，他继续道："孩子不会做那种事的。"

"什么？"

"孩子不会那么为别人出头的，甚至家人也不会。"

他看起来就好像自己讲了什么很重要的事。我还是只能一直重复我永恒的"什么？"现在他有些不耐烦了。

"所以也许真相不是那样？"

"什么真相？"

"就你们是为了替你妹妹出头。有没有其他原因？"我终于看到曙光了。

"你的意思是我们就是想揍他？"

"打个比方。"

他已经站了起来，叼着一根烟晃来晃去。

"是的，好吧，也许是这样。"为了他，我这么说，但有一种尘封的感觉，我觉得琳达会永远带走它，因为如果弗雷迪一号那晚没有比我更野蛮，如果他没有完全发疯，那就会是我发疯，这样邓达斯就再也无法站起来。但这不是弗林特斯通想听的。我也不再清楚我的动机是什么，不确定我是不是有那种倾向。

"嗯，好的，"他道，"那就这样吧。"

我一直站在阳台上，直到看到母亲从二号拐弯，穿着她夏天的旧衣服、短裙、衬衣和一件浅色短夹克。她穿过晾衣架，沿着石板走上来，来到前门入口，步态优雅，颇具目的性，精确无误。我还有时间冲进去拿走信。但我待在原地，然后听到了钥匙开门的声音，很快，就是她在公寓里的声音：

"你没有把土豆烧上？"

"没有，"我叫回去，"我们有一封信。在厨房桌上。"

长时间的沉默。最后，她终于来到了阳台，一手拿着信，一手端着一杯咖啡，坐在露营椅上，把脚搁在脚凳上休息。那脚凳是我小时候站在上面洗碗用的。她去过洗手间了，卸了妆，可能不止如此，因为她早就不会偷偷哭泣了——她是个充满魅力的迷人女性，有一段补救过的童年，是分区经理，收支平衡，生活步上正轨，如果从一个房客疏远的眼光来看。

"感谢上帝。"她说着，眼睛看着信。

"你会回信吗？"见她不说话，我问道。

"当然。"

"我的意思是——你会回答她的问题吗？"

"当然。"她重复道。又读了一遍信。

"那你准备怎么说?"

她抬起头,但没有看我。

"她在这儿也会很好的,"她若有所思,"但那个时候,我并不知道。我想,也许就是因为这点,我才什么都没有做……"

"所以他们过来带她走是对的吗?"

"我没有那么说,"当我站起身,两手抓紧阳台栏杆,望向远处的埃西山的时候,她说,"我们的情况确实不够好,你知道的。"

我转身。现在她在看着我了。"我们的事他们都知道。"

"什么?"

她那个表情又来了,当我无法理解显而易见的事时,她的表情。

"那个房客?"我问。我终究是明白的。"因为你拒绝嫁给他?"

她含糊地点点头。

"我不是很确定,但……"

她停顿片刻。"我试着找过她一次。"

"但是没有告诉我?"

"你那时只是个孩子,芬恩。"

我在想我究竟有没有过是个孩子,发现我们俩自从房客离开后,就没有叫过他的名字,其实我早就意识到了。克里斯蒂安,那个穿毛葛大衣的电车售票员、海员、工具制造员、建筑工人、工会男子、帐篷主人、磨损哲学家。肚子里有那么多故事。我从来不该怀疑的。

"你蛮喜欢他的,对吧?"母亲问。

"我不知道。"

"不管怎么说，你尽力了。"

我想我确实尽力了吧，是的，为了她。而现在，我感觉我要么和她一样，满意地点头，因为琳达一切都好，此事就此结束，要么就去我的房间，把显微镜砸碎，用斧头砍象棋板。但我两者都做不到。

"我觉得应该由你来写，"她说，"毕竟还是你聪明。"

"告诉她他们带她走没关系吗？"我突然攻击道，但很快就后悔了。"当然，"我纠正自己，"当然应该我来写。"

"我们现在就写吧。"她说着站起来，去拿笔和纸。

有一段时间，我站在那里，低头看她的咖啡杯。她把杯子放在琳达的信上，像镇纸般，这样风就不会带走它，最终宣告无罪。我想这就是母亲的看法。接着，我眺望埃西山，直直地盯着，在想，我是不是真的准备好去寻找我究竟有没有那种倾向，我究竟有没有过那种倾向。